ブランケット・ブルームの星型乗車券

吉田篤弘

幻冬舎文庫

目次

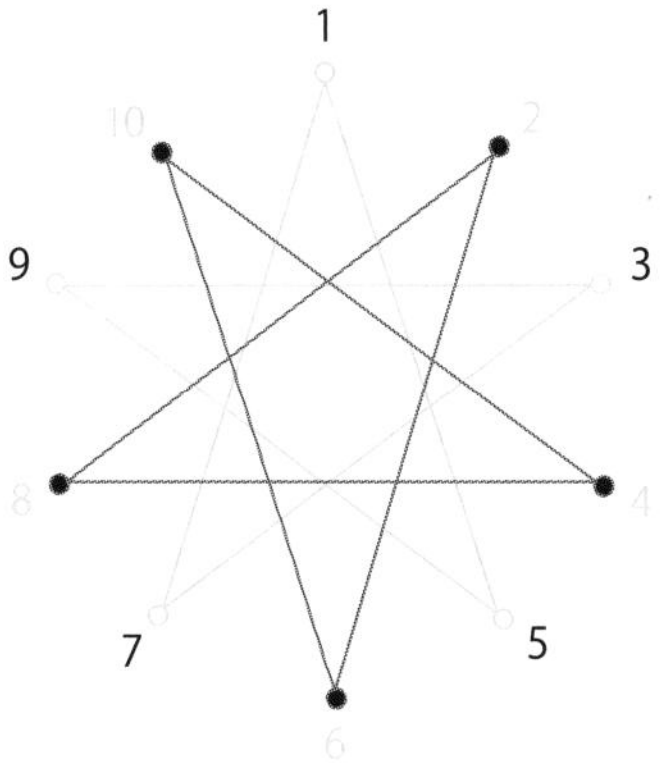

contents

プランケット・ブルームの星型乗車券

a

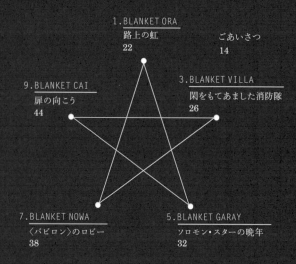

b

C

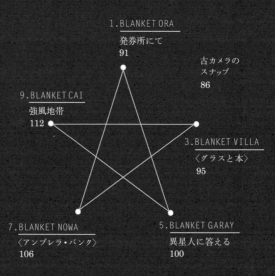

d

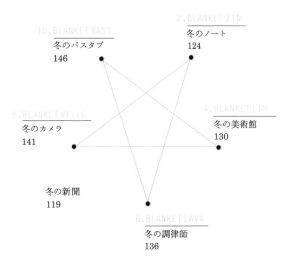

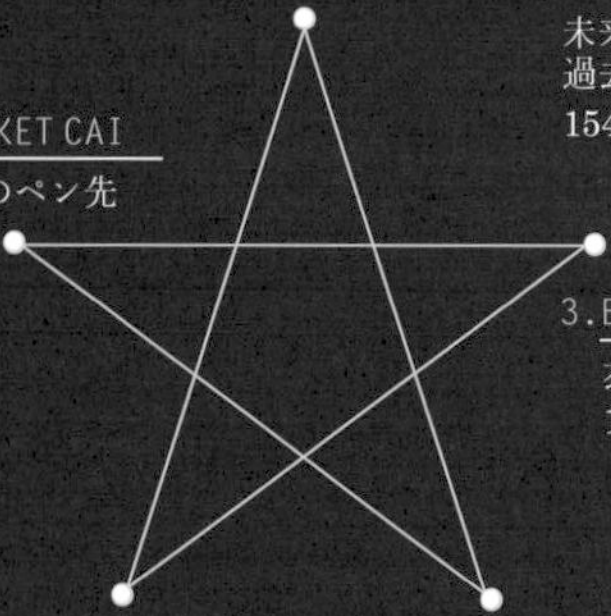

e

f

h

装幀・レイアウト＝吉田浩美・吉田篤弘［クラフト・エヴィング商會］

ランケット・ブルームの星型乗車券

BLANKET a CITY

ごあいさつ

さて皆さま、お見知りおきを。ブランケット・ブルーム君を御紹介申し上げます。生まれも育ちも〈ブランケット・シティ〉の二十七歳。生粋のブランケット・ボーイ。身長百七十センチ。帽子とトースターをこよなく愛し、こわれた古カメラを安価で手に入れては、自らの手で修理することに生きがいを感じております。

独身歴、じつに二十七年。同居するのは、飼猫のブランケット・ヘイゼル君。たいへん賢いヘイゼル・ナッツ色の雑種猫であります。台所の食卓を自分の居場所と決め、ブルーム君が何度云《い》い聞かせても、食卓を占拠するのがお気に入りの様子。ブルーム君もまた台所で過ごす時間が多く、毎日のように夜ふかしをしては、食卓で原稿を書いています。

というのも、彼の職業は〈デイリー・ブランケット〉紙の専属ライターで、このたび、はじめて連載コラムを持つことになったのです。題しまして、〈ブランケット・

ブルームの星型乗車券〉。なんのことかと思われるでしょうが、これには少しばかり説明が必要です。

もし、あなたがこの街――この〈ブランケット・シティ〉を一度も訪れたことがないのなら、まずはこの紙上にて、「ようこそ、毛布をかぶった街へ」と歓迎いたします。

じつに小さな街です。街の中心を環状鉄道がぐるりと円を描いて走り、それがこの街のおもな交通手段、〈ブランケット・ドミノ・ライン〉であります。

駅の数はわずかに十駅。ひとつ、ふたつ、と数えて「じゅう」に至れば、次はまた「ひとつ」に戻って、これが延々とつづきます。

この〈ドミノ・ライン〉の十の駅をぐるりとまわり、街のあれこれを拾いあげるのがブルーム君の仕事。

しかし、ひとつ、ふたつ、と順番に下車してゆくのは、どうも面白くありません。

それでブルーム君が思いついたのは、「ひとつ飛びに駅をおりる」という独自の方法です。

まずは、「1、3、5、7、9」の順で下車し、次は「2、4、6、8、10」の順で下車します。そして、それぞれの街を歩くのですが、こうして、リング状にめぐらされた駅をひとつ飛びに星印でマーキングしてゆくと、街の地図の上に五つの星があらわれます。さらに、その五つの星を線で結ぶと、それはそれは大きな星印が浮かびあがってきます。

こんなふうに。

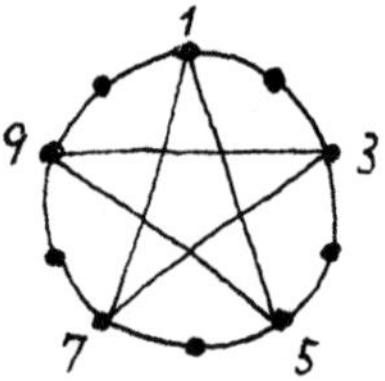

とまぁ、このようにして、ブルーム君は自分だけの「星型乗車券」を手にし、「円の街」と呼ばれている〈ブランケット・シティ〉に、自分なりの視点を据えたわけで

す。

　とはいえ、彼のコラムはいつも新聞の片隅に埋もれていて、おそらく、彼の意図した星型にはまだ誰も気づいていません。

「まぁ、いいや」とつぶやき、彼は今日も、目に見えない星型乗車券を手にして街を歩いています。その成果は、深夜の台所で五つのコラムに化け、ここにこうしてお届けすることと相成ったのです。

　というわけですから、どうぞ皆さまも、食卓でコーヒーでも飲みながらお読みいただければ幸いです。

1

BLANKET ORA

路上の虹

先週の水曜日のこと。

思いがけず、激しい通り雨に見舞われた。アパートまで二百メートルと離れていない〈食材と雑貨の店〉からの帰り道で、買ったばかりのハムサンドを重要書類のように抱えて帰った。

浴室に直行して、頭からシャワーを浴び、そのあと、半額セールで買ったコーヒー豆を挽いていたら、まだ髪はかわいていないのに、もう雨が上がっていた。

亡き祖父を真似て、コーヒー豆を挽くときはラジオを聴いている。ジョー・ストラマーのなんとかいう曲が終わったところで、DJが「いまの通り雨はすごかったね」と興奮気味に話し、あたかも自分に向かって云われているようだったので、ラジオを見ながら頷いた。

「まるで、敵機来襲って感じだったけど、まさか死者は出てないよね」

ジョークにつづいて、ベン・ワットのひっそりとした歌が流れた。聴きながらサンドイッチの包みをひらき、コーヒーの香りが狭い部屋の隅々まで行きわたる。愛猫がのっそり起き出してきて、いつものように食卓に乗りあがって、上目づかいでこちらを見た。

彼はサンドイッチはもちろんのこと、コーヒーが好物という変わった猫である。受け皿にこぼれたのをそのまま差し出し、サンドイッチをちぎりながら分けあって食べていたら、

「虹が出ているところがあるようです」

ＤＪがそう云った。窓から顔を突き出してみる。虹？　どこにも見えない。

ラジオは街のローカル局、おなじみの〈ブランケット・エアーズ〉だから、「虹が出ている」と云うなら、このたったいま、街の上空に七色の帯が架かっているはず。

しかし、見つからなかった。

いずれにしても、虹を見上げたところで、詩の一行も思い浮かばない。

でも、コラムのネタなら拾えるかも。

古カメラを提げて、街に出た。とりあえず、〈ドミノ・ライン〉の始発駅に向かっ

て歩き、ビルの向こうに虹を探してみたが見つからない。早々に消えてしまったのだろう。

それにしても、いかに自分が、うつむいて歩いているかわかる。空を見上げていると、街の景色がまるで違って見えるのだ。

傾き出した陽の光が、雲の隙間からスポットライトのような光を投げかけ、街は、いつになく堂々として、こんなところにこんなビルがあったろうかと、何度か立ちどまってカメラを構えた。ビルの手前を横切る人たちが長い影を落とし、ふと、視線を路上に戻すと、水たまりに虹が映っている。

思わず空を見上げたが、どこにも見当たらない。

水たまりの虹は、車の排気口からこぼれ落ちたガソリンの仕業だった。

3

BLANKET VILLA

閑をもてあました消防隊

「人」と「誇り」は相性がよくない。

たとえ、どんなに偉い人であっても、自分の功績を自分で讃えるのは、いかがなものか。

その点、「街」と「誇り」は相性がいい。

街が街ぐるみで誇れるものがあるというのは、なんともすがすがしいことだ。綱引き大会の優勝チームが、全員、表彰台に立つ権利があるように、街の誰もが胸を張っていいのである。

われわれの街は、ときに「毛布をかぶった憶病者の街」と揶揄《やゆ》されることがある。が、臆病者ならではの慎重さが、この街を「世界一火事の少ない街」として表彰台にのぼらせてくれた。

その誇らしい表彰から、さかのぼること半世紀前、「臆病で何が悪いのか」と書いたひとりの男がいた。〈路地裏のノア〉と呼ばれた詩人、ブランケット・モンサンジョン氏である。

氏の著作にこうある。

「もちろん、〈勇気〉も大切だが、ときには、〈臆病〉がより良い結論を生むことがある。さしずめ、人の強さを信じるのが〈勇気〉なら、人の弱さを信じるのが〈臆病〉である」

氏の云う「弱さを信じる」という言葉は耳慣れないものだが、彼は『小鳥たち』や『路上の花』といった表題の詩集を書いてきた。

強さだけが何かを生むのではなく、ときには、弱さが生活にうるおいをもたらす。とは云っても、人はついつい強いものになびいてしまうもので、そう思うと、「弱さを信じる」という言葉は、耳慣れないというより、耳の痛い言葉かもしれない。

モンサンジョン氏の生涯を顧みて興味深いのは、若き日の氏が、詩人でありながら消防夫でもあったことだ。氏に云わせれば、「話が逆」で、「消防夫が、たまたま詩を書いただけです」と顔中をしわだらけにして笑う。

十九歳から三十九歳までの二十年間、氏が勤めていた〈ブランケット第六消防署〉

は、〈ブランケット・ヴィラ〉駅の西口を出たすぐ目の前にいまもある。

ところで、この街が「世界一火事の少ない街」だとすれば、この街の消防夫たちは「世界一仕事の少ない消防夫」ということになる。彼らは自ら〈閑《ひま》をもてあました消防隊〉と名乗り、その名を冠したコーラス・グループを結成して仕事の合間に楽しんできた。

繰り返しになるが、彼らは世界一仕事が少ない。したがって「仕事の合間」というのは思いのほか長い時間を意味する。その結果、二足のわらじを履いた詩人のように、彼らもまた、コーラス・グループとしての実績を重ね、いまや、月に二度のコンサートは常に大盛況である。

そのうつくしいハーモニーを楽しむためにも、この街の住人は、火の用心を決して怠らない。

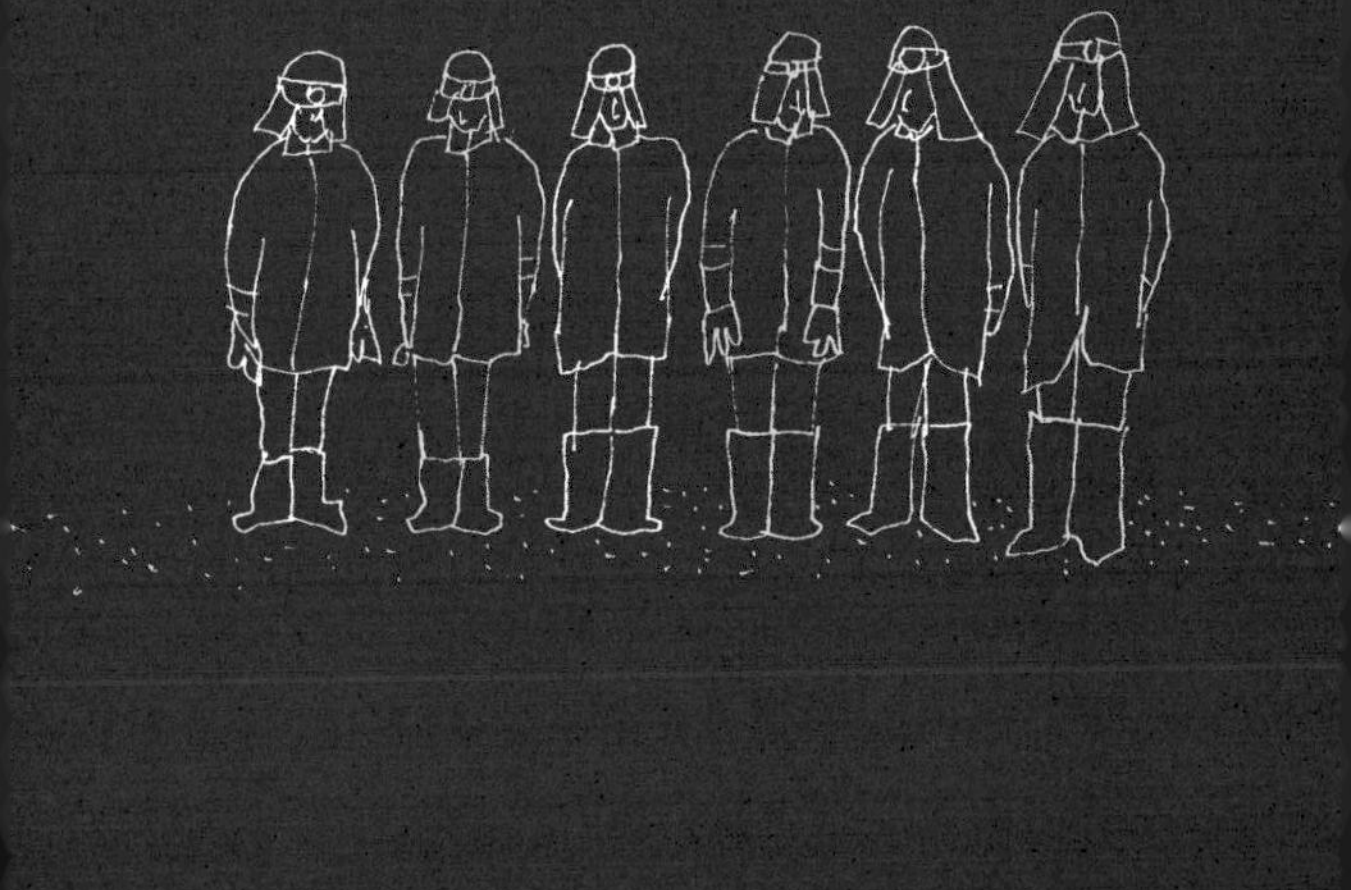

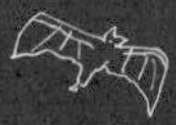

5

BLANKET GARAY

ソロモン・スターの晩年

深夜の空腹のもどかしさについて、ときどき、夜ふかしの女ともだちと語り合う。

「そんなに、お腹が空いたわけでもないんだけど」と彼女は強調する。「でも、なにかしら口にしないと落ちつかなくて」

彼女はじつに素晴らしい手帳を持っていた。この街にある、深夜営業のレストランがすべてリストアップされている。

「最近のおすすめは?」と訊いてみると、

「その前に、ソロモン・スターって知ってる?」

声をひそめて訊き返された。

「ソロモン・スター? どこかで聞いたような気がするけど——なんだっけ」

「コミックのタイトル。二十年前のね」

彼女の講義が始まった。

「もし、作品を読んだことがなくても、ブランケット・リリィという名前は聞いたことがあるでしょう? 彼女の表の代表作が、宇宙ターミナルを舞台にした『アンドロメダ・ダイアリー』だとすれば、『ソロモン・スター』は、いわば裏の傑作で、彼女に心酔しているファンは、『ソロモンこそ最高』って口を揃えて云うと思う。ソロモン・スターというのは主人公の名前で、両性具有のカップルに育てられた少年なんだけど、それはそれは大変な美少年で」

「へぇ」

「でね、そのソロモン・スターが、夜中にひそかに食事をしに来る店があるの」

「え、漫画の主人公が？」

「行けばわかるから」

手わたされたメモには手帳から写しとった店の名前と電話番号があった。

どうにも雲をつかむような話である。ところが、たまたま古本屋で『ソロモン・スター』全8巻揃い、というのを見つけ、思わず買い込んで読み始めたら、なるほど「ソロモンこそ最高」と夢中になった。読み終えたのが真夜中で、しおり代わりに使った「行けばわかる」のメモが、俄然、輝きを増した。

店はブランケット・ガレー駅から徒歩五分。申しわけ程度に小さな看板が出ていて、中にはいると、テーブル席はわずかに三つのみ。

先客は落ち着いた装いの男女だったが、ふと目にとまった女性の顔は、著者紹介の欄にあったリリィ氏の「近影」から、ちょうど二十年ほど年老いた顔に違いなかった。

残念なことに、男性の顔はこちらに背を向けているので確かめられなかったが、あるいは、「ソロモン」と声をかけたら振り向いてくれたかもしれない。

もはや、初老と呼ぶのがふさわしい漫画家と、彼女が作りだした主人公とが、深夜の片隅で食事をしている。

言葉少なく、静かに二人きりで。

7

BLANKET NOWA

〈バビロン〉のロビー

〈ブランケット・ノワ〉駅の東側には、開業が一九〇二年という老舗《しにせ》ホテル〈バビロン〉がある。正確には「あった」と記すべきかもしれないが、いまでもそこにそのままホテルがあるかのように、多くの客がロビーを訪れる。

ロビーだけが、のこされているのだ。

フロント・デスクも往時のまま保たれているし、驚いたことにフロント・マンもいればポーターも待機している。とっくに、ホテルそのものはなくなってしまったというのにだ。

フロントには301から1204まで、すべての部屋の鍵が保管されている。あたかも客に手わたされるのを待っているかのように、鍵は光沢を保たれている。

ときおり、デスクの電話が静かに鳴り、遠方の客から宿泊予約の申し込みがある。が、「大変、申し訳ございません」とフロントを仕切っているブランケット・フィリップ氏は丁重にお断りする。この三十年あまり、氏はそのフロントで働いてきた。

いまから二年前のこと、老朽化と客離れが同時に〈バビロン〉を襲って、あっけなく廃業を余儀なくされた。老朽は致し方ないとしても、客離れは「偶然が重なっただけです」とフィリップ氏は云う。

「お客さまは、決して離れてしまったのではないんです。むしろ、〈バビロン〉に強い信頼があったからこそ、ちょっと他を試してみたのではないでしょうか」

それを裏づけるように、いまでもロビーには、〈バビロン〉を懐かしんで、多くの人たちが集まっていた。夕方の街へ出る前に待ち合わせをしたり、読みそこねていた新聞をひろげて読んでみたり、ただ悠然と煙草をくゆらせて天井を眺めたり。

その天井の上に、およそ百室におよぶゆったりとした客室があった。いまはもうすっかり取り壊され、街の新しい建築基準にしたがって、ロビーのある一階だけがのこされた。

去年の秋のことである。もともとロビーにあったコーヒー・ラウンジが拡張され、フィリップ氏がそのマネジャーとなった。

「最近、ようやく気づいたんです」

氏はロビーを見渡して頷いた。

「もちろん、ホテルそのものも好きでしたが、それ以上に、ここでこうして、くつろいでいるお客さまの気配が好きなんです」

それはおそらく、利用客にとっても同じことだろう。〈バビロン〉のロビーは、くつろぎに充ちた街角のようなもので、多くの人たちがここで出会ったりすれ違ったりしてきた。

「だから、このロビーだけあれば、それでいいのかもしれません」

待ち合わせの客が、また一人やってきた。

9

BLANKET CAT

扉の向こう

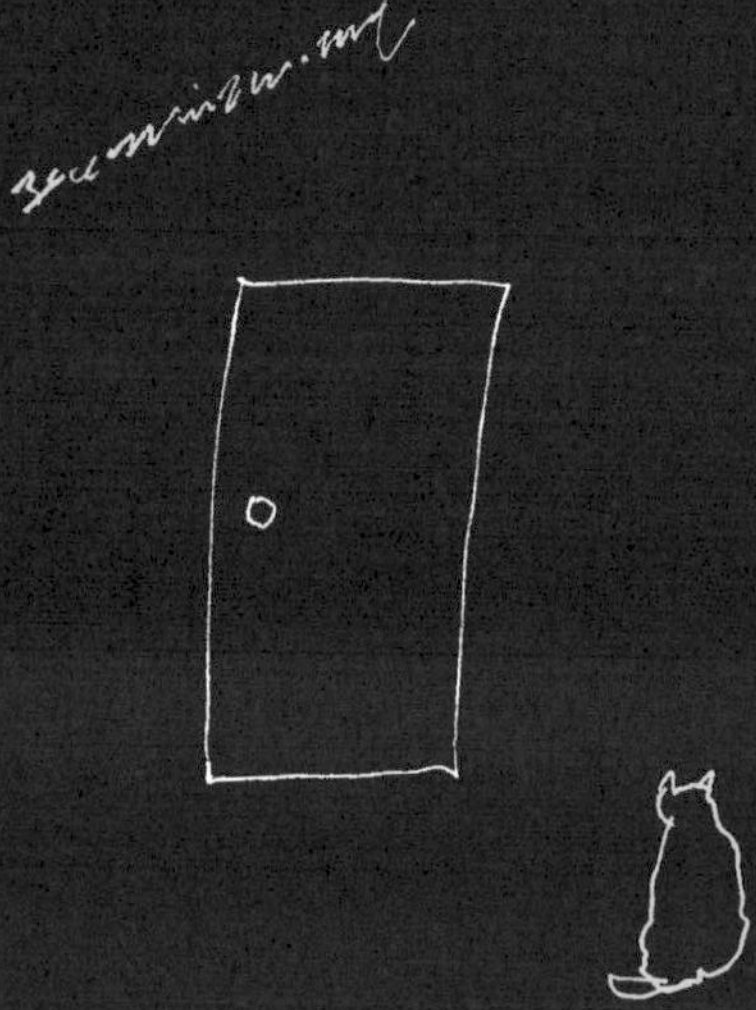

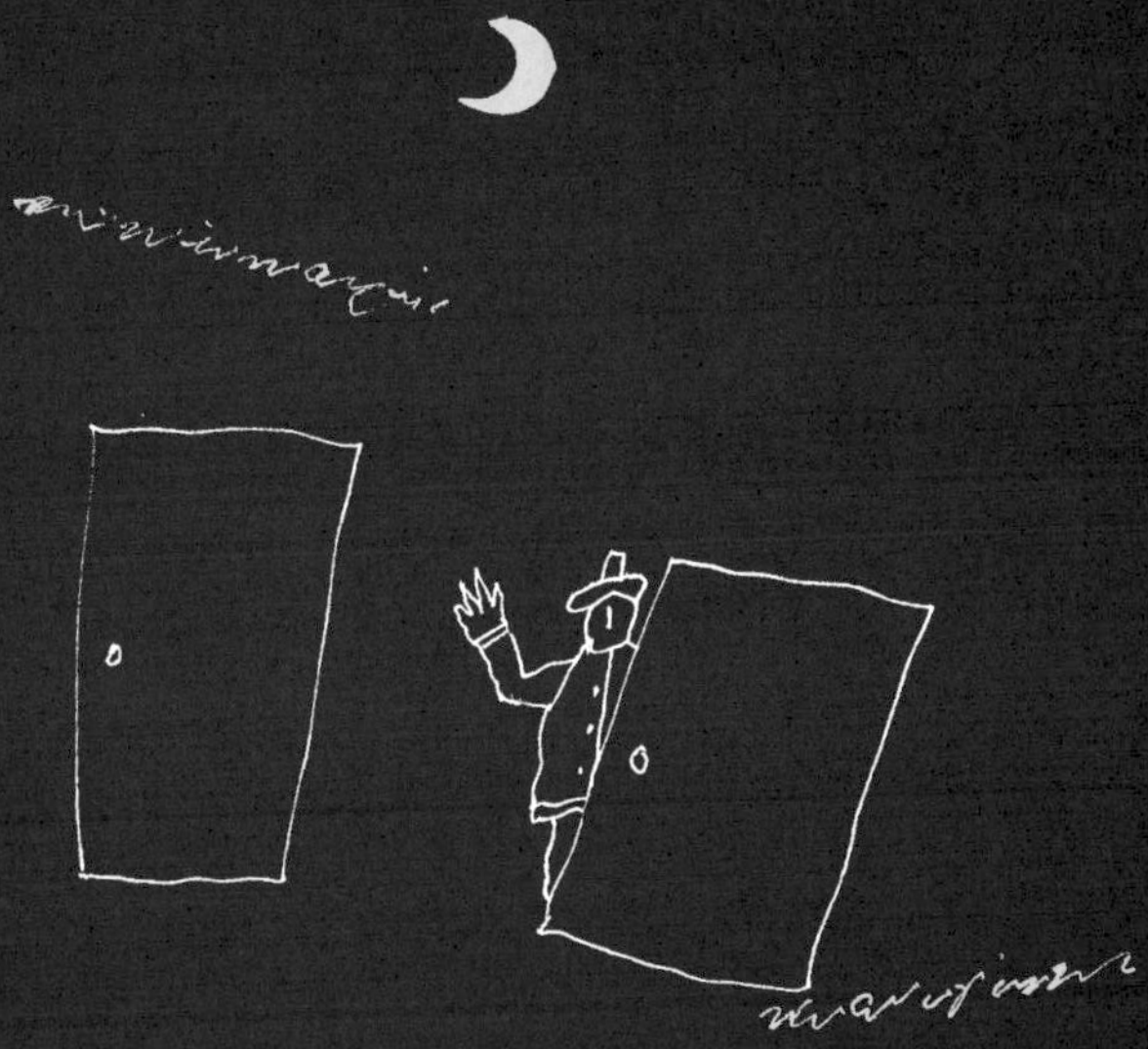

『ＤＯＯＲＳ』という街頭芝居を観た。

場所はブランケット・カイ駅の東側、〈スペリング・ミス訂正協会〉の脇をはいった賑やかな路地の一角である。

日時は未定ながら、向こう一年は上演しつづけるという。チケットもなく、観客席もない。代金は路上に置かれたブリキ缶の中に客が自分で決めた額を投入する。たぶん、投入しなくても誰も気づかない。つまり、ただ見をしても何の問題もない（でも、すごくいい芝居なので、このコラムを読んで観に行かれる方は、ぜひ投入してください）。

そこは、車の通行が止められているごく短い路地で、異国情緒あふれる飲食店と、がらくた箱をひろげたみたいな輸入雑貨店が何軒もひしめいている。

そのカラフルな店先を借景に、芝居は唯一の舞台装置である「一枚の扉」を軸に展開してゆく。役者の数はそのときどきで二人になったり四人になったり、ときには、一人きりで延々と演じられることもある。

しばらく観ているとわかってくるのだが、どうやらこれといったストーリーはないようだ。始まりもなければ終わりもない。どこから観始めてもよく、どこで観終えても満足できるようにつくられている。いや、「つくられている」のかどうかも、じつはよくわからない。すべてが即興で演じられているようにも見えるし、絶妙な間合いと洒脱《しやだつ》なセリフのやりとりを見る限り、よく練られた台本が存在しているようにも見える。この、「どちらなのかわからない」微妙なところが、この街頭芝居の妙なのだろう。

なにより驚いたのは、すぐ隣で観ていた男性が、突然、扉に近づいて、そのまま芝居の中にはいり込んでしまったことだ。

彼は使い古したリュックを肩に掛け、いかにも買いもの帰りに立ち寄ったというふうに、スーパーの袋を提げていた。その彼が、そのままの姿で次々とセリフを繰り出し、気づくと、いつのまにか、彼が主役になってドラマが進行していた。

そのうち、自分も芝居の中に取り込まれてしまうのではないか――そう思うと、唯一の舞台装置であるあの扉は、はたして、何と何を、どことどこをつなぐ扉なのか、と考えさせられた。扉のこちらが「中」なのか、それともこちらは「外」なのだろうか。観れば観るほど、その答えが「中」になったり「外」になったり、めまぐるしく変転してゆく。

観終わったあとも、ドアを見るたび、ここは「中」なのか「外」なのかと考えた。

そういえば、芝居に登場したのはあくまで一枚の扉だったが、タイトルは『ＤＯＯＲＳ』と複数になっている。

BLANKET b CITY

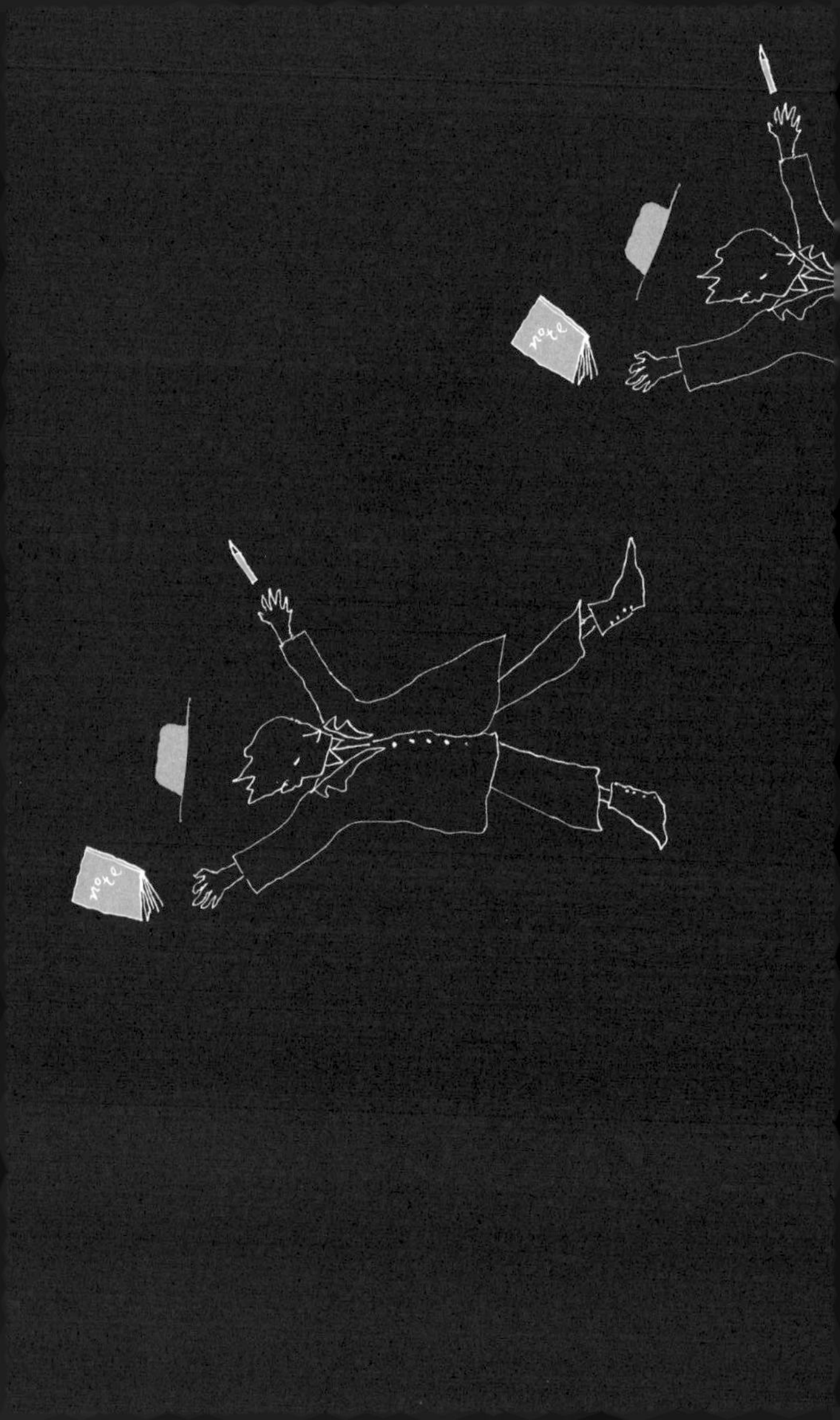
note
note

「眠り」をめぐる いくつかの声

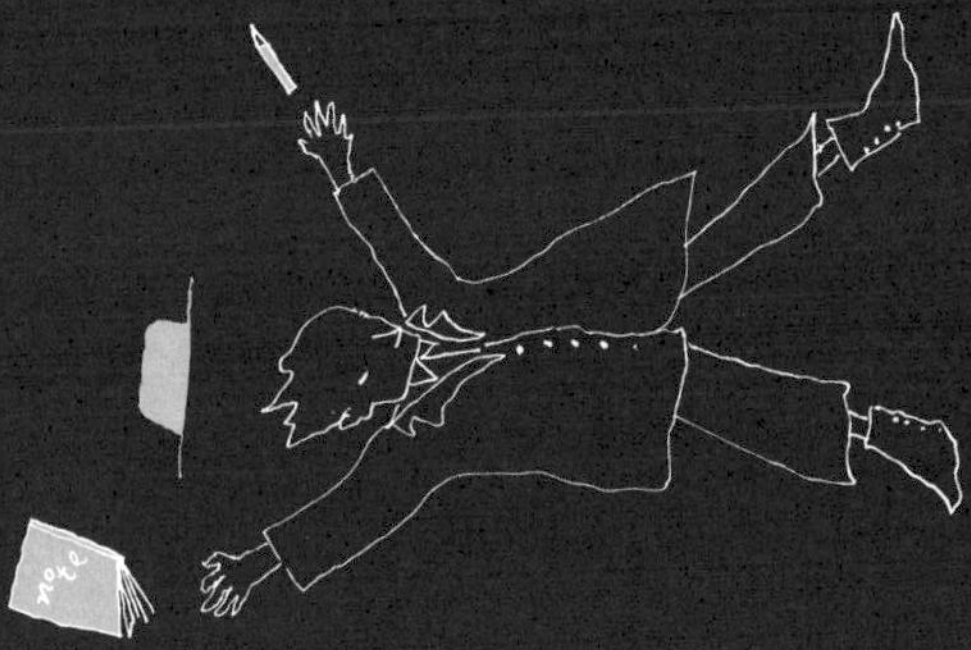

ここではないどこかにある〈ブランケット・シティ〉――。

環状鉄道がぐるりと走るその小さな街で発行されているタブロイド新聞〈デイリー・ブランケット〉。同紙に連載中のコラムが「ブランケット・ブルームの星型乗車券」であります。

残念ながら、まだ「名物コラム」とは云えません。始まったばかりですから、これから、じわじわと名物になってゆく予定であります。

ブルーム君は街を愛する二十七歳。あくまで自称ではあるとしても、一応「青年ライター」を名乗っております。ここに御紹介申し上げるのは、ブルーム君の街をめぐる「ひとつ飛び」のコラム。なぜ、「ひとつ飛び」であるかは前回をお読みいただくとして。

そこに街があれば、そこでは多くの声や言葉が共鳴したりひずんだりしています。共鳴や交響よりも、ひずみの方がずっと多いかもしれません。

たぶん、それが人の集まったところにおける健全な状態なのでしょう。言葉は共鳴するときより、反発するときにこそ強い力を持ちます。腹の底から声が出るのは、いつでも訴えるときや叫ぶときで、「同意」を絶叫することなど、まずありません。

こうした「声」というものは、なるべくひとつにならないことが肝要で、ひとつになってゆく絶叫のような「同意」には、一度、疑いを持ってみるべきだとブルーム君は筆の先に力をこめて書いています。

いや、よくよく読み返してみると、そんなことはどこにも書かれていないのですが、彼がコラムの中で紹介している街の声は、かならずしも仲良く響き合うというわけではなく、反発し合うことで、お互いを磨いているようにも見えます。

今回は、主に「眠り」をめぐるいくつかの声が〈ブランケット・シティ〉に起こり、賛否両論いずれも拾い上げています。

声がつらなるほどに、街の賛否よりも、「眠りとははたして何か」と、いつのまにか自分の考えを確かめていました。

この街は、「どこかにある」街でありながら、われわれの街でもあるのでしょう。

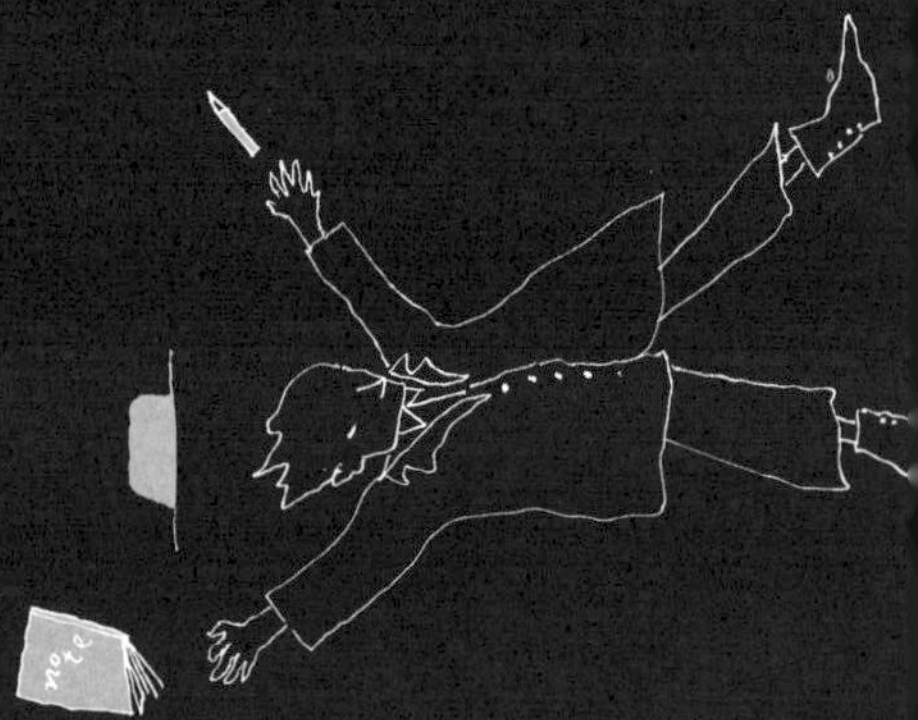
note

2

BLANKET ZIN

眠らない彼

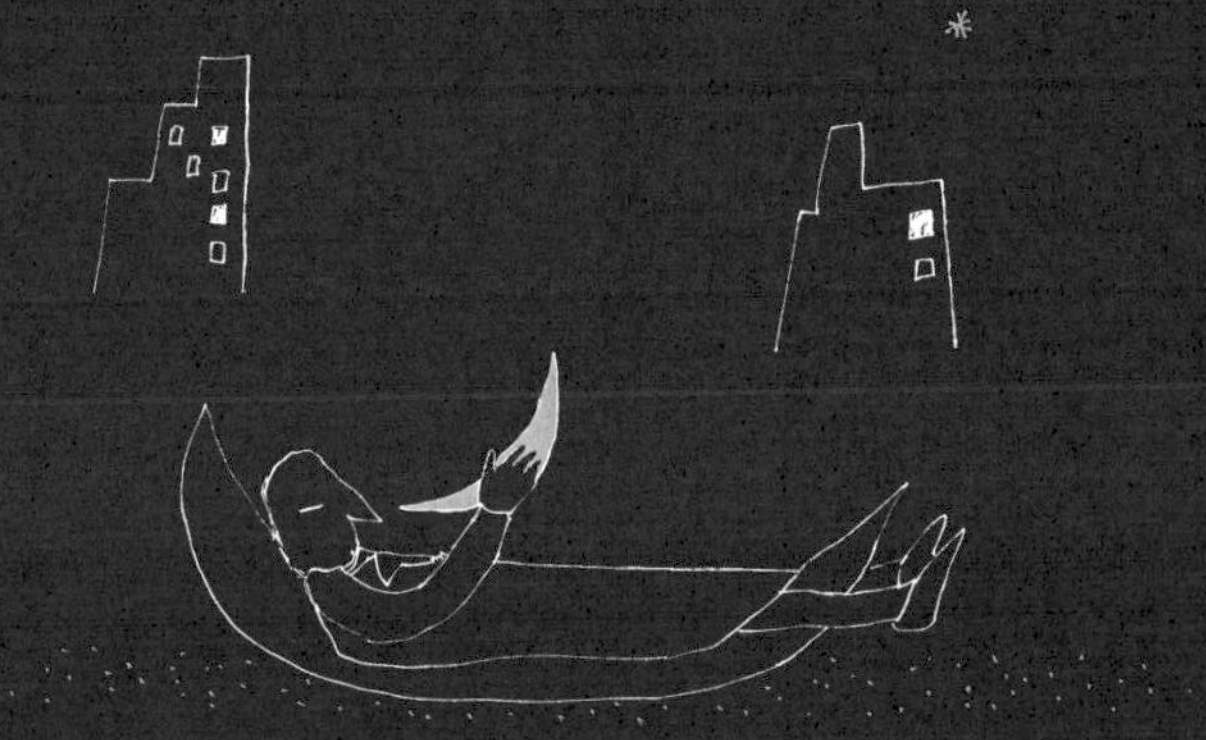

「放棄」は若者の特権である。

あるいは得意技か。

技術や知恵が熟していないうちは、「放棄」が唯一の逆転技になることがある。かなりの荒技ではあるが、それなりの主張にはなり、ときには、その時代にひそんでいる何ごとかに触れて、多くの賛同を得ることもある。

ブランケット・ジンに住むドーナツが好きなひとりの青年が、「これより自分は睡眠を放棄します」と宣言した。最初は誰ひとり、その突飛な宣言に耳を貸さなかった。まずもって意味がわからない。ただ単に、「自分はもう眠らない」と云っているのかと誰しも思っていた。

しかし、そのうち青年の考えが周囲に伝わり始めると、同世代の若者たちにたちまち伝染して、「睡眠放棄」は社会現象にまでなった。

「眠りは退化である」

青年はそう主張した。

「ヒトは大むかしに大地から立ちあがったのだから、眠ることで頻繁に横たわるのは進化の妨げになる。少しずつでも進化しない限り、ヒトは立ったり横たわったりのあいまいさの中に永遠に閉じこめられてしまう」

彼の説を聞くうち、太古の昔に「立ちあがった一匹のサル」が思い浮かんだ。

彼はまた、こうも云った。

「眠りは夢を生み、夢はヒトを過去に引き戻します。夢はしょせん過去のコラージュにすぎません。それも、きわめて巧妙なトリックが仕掛けられた騙し絵です。それと気づかずに夢に欺かれるうち、ヒトは夜ごと過去を反芻し、やはり、これも進化の妨げにしかなりません」

どうも、彼は「進化」が気になって仕方がないようだ。たしかに彼も「立ち上がったサル」に違いない。しかしどうやら、太古に「立ちあがったサル」が真っ先に背負ったのは、おそるべき腰痛だった。

いま、二十一世紀の彼は、腰痛を抱えながら「不眠」とたたかっている。普通、

「不眠とたたかう」と云うとき、それは「眠れない」ことを意味しているが、彼の場合は、もう少し直裁的に「睡魔とのたたかい」を指している。

「次なる進化は睡魔との……たたかいの果てに……ドーナツが……訪れるでしょう。考えてもみてください……睡魔を克服さえすれば、僕たちは単純に計算して……三倍のドーナツ……いえ、三倍の人生を送れるわけです」

言葉が途切れたり乱れたりするのは致し方ない。前述どおり、彼はまだ歳若いドーナツの好きな青年なのだ。宣言以前の彼は毎日八時間は眠っていたという。

彼はほとんど半分眠りながら主張する。

「いや、僕は決して夢など……見ていないのです……いや、それにしても、おいしそうだ。たしか、そのドーナツはシナモン風味ですね」

4

BLANKET LIM

消えてしまった胡椒

「あれは普通の胡椒《こしょう》じゃなかったね」と証言はいずれも過去形になる。

「もう、長いこと目にしてないけど」

細長い壜にオリーブ・グリーンのラベルが貼ってあり、〈ＰＡＰＡ〉と大きく名前があしらわれていた。

「昔はどこの食堂にもありましたよ。白胡椒でも黒胡椒でもなく、なんというか、あれはもう〈ＰＡＰＡ〉の味としか云いようがない」

食堂の客たちはもちろん、料理人も腕を組んで、「そうそう、あれは本当に重宝した」と声が明るくなった。

「最後にひと振り、〈ＰＡＰＡ〉をほんの少しだけ。それで味がぐんと引きしまった」

料理人がひと振りした上に、客もまたひと振りする。「引きしまった」ものが、さらに引きしまって、舌にほどよい刺激になる。

「いや、それは刺激というより、明快というべきでしょう」

静かな声で訂正したのは、他でもない〈ＰＡＰＡ〉の創立者の孫にあたるブランケット・サルヴィ氏だった。

「祖父の狙いはそこにありました。どんな味であれ、明快にすること。〈PAPA〉そのものの味は消えて、料理の味わいだけが立ちあがるように——いつも、そう云っていました」

キッチンの陰の功労者らしく、特別に目立って讃えられたことはなかった。しかし、消費者の中に〈PAPA〉を知らない者はいなかったし、多くの類似品が登場したことで、「先駆者」の称号を得るまでになった。

にもかかわらず、いつからか〈PAPA〉は姿を消してしまったのである。

「いや、それも違います」

サルヴィ氏は苦笑した。

「〈PAPA〉は一度として消えたことなどありません。いまでも、ほら、ここにこうしてあるでしょう。もし、お望みなら、一ダースお送りしましょうか」

そう話すサルヴィ氏の背後に〈PAPA〉の小さな工場があった。じつを云えば、いまでも少量ながら生産されている。

「埋もれてしまったんです。いつのまにか。消えてなどいないのに、消えてしまったことになった。ああ、あれはよかった懐かしいね、と誰かが感傷的な口調になった途端、〈ＰＡＰＡ〉は過去のものになってしまったんです」

ブランケット・リム駅から東へ五分も行けば〈ＰＡＰＡ〉の工場がある。陰の功労者らしく、派手な看板など掲げていないが、かつて、〈ＰＡＰＡ〉にお世話になった食堂の常連は、次の土曜日の午後にでも、ぜひ工場を訪ね、小さなひと壜でいいから買いもとめてほしい。

ひと振りすれば、自分の過度な感傷が明快になり、〈ＰＡＰＡ〉本来の美味に再会できる。

SJAN& U-IOJPAPA JONAI

6

BLANKET LAVA

もうひとつの声

まだ御存知ない方のために、〈セカンド・ボイス〉のあらましを手短に——。

文字どおり「ふたつめの声」である。

これまで親しんできた声はそのままに、もうひとつ別の声を所有するのだ。

要トレーニング。要忍耐。要受講料。

しかし、コツをつかんでしまえば、なんのことはない。外国語を習得するのと同じ感覚で第二の声をあやつれる。

ブームの背景には、声そのものの二重性がある。声はおよそ音でありながら意味でもあり、その特性により、習得者は〈セカンド・ボイス〉をふたつの次元で愉しめる。

たとえば、ふたつの声による「ひとりきりのハーモニー」を試みる〈音〉派。

あるいは、ふたつの声による「自分と自分の会話」を展開させる〈意味〉派。

彼ら彼女たちは、ブランケット・ラヴァ駅にほど近い〈ボイス・ジム〉に通い、ふたつめの声を手に入れるべく、ハードなトレーニングを欠かさない。

一方、この奇妙な習得を読み解こうとする社会学者たちは、「二面性の表層化」なる、もっともらしい批判を彼らに向けた。

「あきらかな分裂です。分裂を正当化するための手だてとしか思えない」

正当化という言葉が使われるくらい「分裂」には市民権がないようだが、見方を変えれば、〈セカンド・ボイス〉は「分裂」をエンタテイメント化したともいえる。

「そもそも、分裂という言葉自体、的確ではないんです」

ボイス・トレーナーのブランケット・ハルバル氏は云う。

「もともと、誰もが二面性を持っていて、それを無理矢理ひとつのパーソナリティに押し込もうとするから破綻が起きるんです。それより、二面性を具体化させることで、ふたつの個性をバランスよく維持する方が賢明です」

思えば、われわれは、腕と足と目と耳をふたつひと組みのペアとして活用してきた。この要領で声を右と左とに分けてしまおうというのが〈セカンド・ボイス〉の考えだ。その思いつきを、ハルバル氏はトレーニングによって現実のものにした。そのうち、進化したわれわれは、目や耳と同じように、口をふたつ持つことになるのかもしれない。

口のみならず、脳や心さえも。

「ぞっとするわね」

ジムの帰りに寄った行きつけのバーのママが口を歪めてブーイングした。

「だいたい、心ってひとつなんだっけ？　ひとつでも持て余してるのに、ふたつもみっつもあったら、ややっこしくてしょうがない」

ごもっともである。

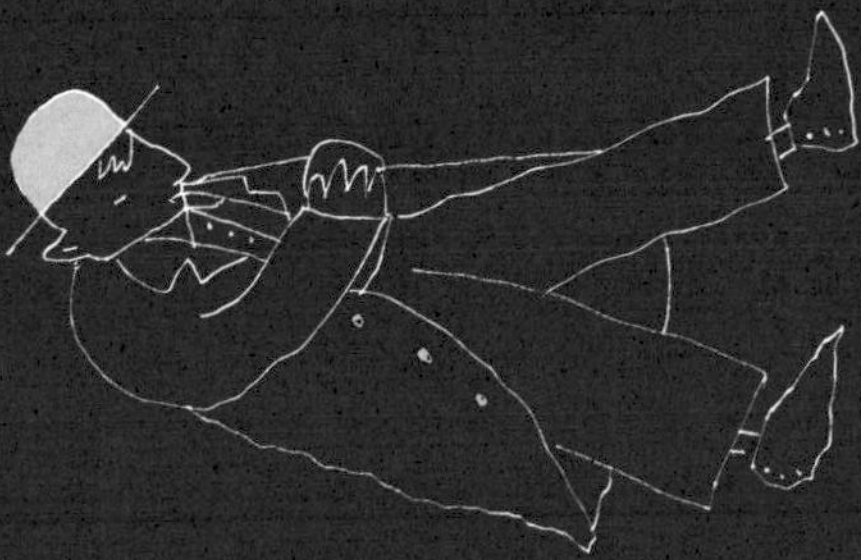

8 BLANKET VELLE

ひとときの甘い眠り

長い歴史を持つこの施設が、しばしば、「天国」と呼ばれてきたのは、「過ぎた仮眠の先には永眠がある」という旧世代のことわざが影響している。

もっとも、ここには、どこか湿り気のないからっとした明るさがあり、面倒なことから隔離された「パラダイス」としての天国の意味も込められている。

「でも、本当に天国へ行ってしまったら、元も子もありません」

〈仮眠場〉の八代目支配人、ブランケット・ネーゼ氏は笑いながら肩をすくめてみせた。

「死なない程度にたしなむ天国です」

それが、八代目の提案する〈仮眠場〉の楽しみ方だという。

「わかりやすく云いましょう。ようするに、ひとときの甘い眠りです」

ネーゼ氏はいかにも「天国」の支配人らしく、笑顔と普段の顔とに境界線がない。いつでも笑っているように見え、事実、この二十年ほど怒ったことがないという。

「忘れてしまったんですよ、どうやって怒るのか。そりゃあ私だって、気に入らないことに出くわすことはあるし、長いこと待たされたらいらいらします。でも、怒ることはありません。私に云わせれば、怒る人はたいてい寝足りていないんです。睡眠不足ですよ。でなければ、いま流行りの〈睡眠放棄〉というヤツです」

〈睡眠放棄〉の影響力はかなり根深いものがあり、睡眠を放棄する若者たちの動きに困惑しつつも、いまだに政府も医学者たちも建設的な意見や忠告を公表できない。ネーゼ氏はそんな状況を笑顔のまま喝破してみせた。

「とにかく〈眠り〉を楽しんでいただきたいのです。〈眠り〉は人生の一部です。眠らない者は人生を放棄しているに等しい。もったいない話です。もっと〈眠り〉を楽しまなくては。あの世に行ってしまったら、もう眠ることなどできなくなるんですから——たぶん」

現在、〈仮眠場〉では、すっかりおなじみとなった「月光的仮眠」と「深海的仮眠」のふたつのスタンダードに加え、「空中的仮眠」「ゆりかご的仮眠」「もぐら的仮眠」といった新しい趣向を提供していく予定だという。

「どうです？　ひと眠りしていきませんか」

勧められるまま「月光的」を試してみたが、ほのかな月の光に照らされたカプセル状のブースにおさまり、頭をぼんやりさせているうち、いつのまにか宇宙に漂い出していた。

月光を寝床にする感じというか、体が消えて星のひとつになっている感覚である。自分というものがどこにもいなくなっていた。

うっかり切り忘れた携帯電話のコールに目覚めなかったら、はたして、あのあと自分はどうなっていただろう。

10 BLANKET BASS

ある配達員の一日

ブランケット・バス駅の西側に、商店と住宅地が混在する〈バス・ニュータウン〉が造成されて、かれこれ二年が経つ。このニュータウンの第十ブロックに、彼がつとめている運送会社がある。配達員は彼を含めて四名のみだ。

午前七時に出勤すると、すでに彼が受け持っている地域には、配送を待つ荷物が七十二キャンドルあった。「キャンドル」は、彼らの隠語で「急ぎの荷物」を意味する。火が消えてしまわないうちに、強風にあおられないよう、充分注意して運ばなければならない。彼が運ぶ荷物は、あらかたこの「キャンドル」だった。

移動には小型トラックを使っている。トラックは「島」と呼ばれ、あらかじめ決められた場所に駐車して、あとは自分の足で動く。

「島」を中心にした地図を頭に描き、「島」から放射状に送り届けてゆく。時計でいえば、まず二時の方角に走り、「しぼりたてジュース」の詰め合わせを届ける。すみやかに「島」に戻り、次は三時の方角に書類を二通。そのまま四時の方角へ移動し、「六角ボルト」と記された重いひと箱をラジエーター工場に届ける。そこでは集荷も引き受け、精密なミニチュア・カーに使う「ミニチュア・ラジエーター」を一ダース、走らずにそっと抱えて「島」に戻る。

つづいて、五時の方角へ行ったり来たり。

届けたものを列挙すると——やけに重たい「落花生」をふた箱。涼やかな音をたてる「鈴の詰め合わせ」をひと箱。嘘のように軽やかな「フライパン」をひとつ（これは自分も欲しくなって、送り届けるあいだに製造元の名前をメモに控えた）。遠方より送られてきた「オレンジ」を一ダース。近隣から届いた「オレンジ」を一ダース。「小型オルガン」をゆるゆると。「羽根枕」を軽々と。「高級インスタント・ディナー」に思わず腹が鳴る。

さらには、「ハモニカ」を退職したばかりの紳士に。特大の「縄梯子」を五階の住人に。「取り扱い危険」とだけ記された小箱を妙齢の婦人に。「高級天体望遠鏡」は、吹けば飛ぶようなあばら屋に住む老詩人に。

あとは、本と果実と酒と花を山ほど。

息つく間もなく、六時の方角に「置時計」を。七時に「ジューサー・ミキサー」。八時には「極上ブランケット」。

そこでようやく昼休みとなった。支給されたランチ・ボックスの中にはチキン・サンドイッチとサラダがひと盛り。水筒には少しだけ甘い紅茶。「島」の運転席でまたたく間に平らげる。

すべてが終わって、帰宅するのは午後十時。

ラジオから、〈睡眠放棄〉の若者たちをめぐるニュースが聞こえる。

しかし、彼は自分のベッドに倒れ込むと、気絶するように一瞬で眠りに就いた。

Re JITSZQ-3ogzaiey IMOZ°L
1ZO C ozzY SOWANa NCURZAmo oh
maK E FEL Z DARGT noJo5-
w OMZgOWeLMN

BLANCKET CITY

古カメラの
スナップ

さて、〈ブランケット・シティ〉より、またあたらしいコラムが届きました。

すでに御存知のとおり、シティ随一の新聞〈デイリー・ブランケット〉紙の片隅に掲載されたコラムです。執筆者は自称「青年ライター」のブランケット・ブルーム君。

今回はコラムをお読みいただく前に彼の近況をお伝えしましょう。

といっても、彼はいたって地味な生活を好み、あまり大きな変化を望まないようです。

今日は昨日の繰り返しで、明日は今日の繰り返し——という、きわめて単調な日々を送っています。

しいて云えば、飼猫のヘイゼル君が夜の散歩に出かけたきり帰ってこないことと、最近、ようやく仕事に余裕が出来たのか、趣味である古カメラの修理に夜おそくまで夢中になっているようです。

とうに動かなくなり、「こいつはもう使い物にならない」と見捨てられたカメラを、ブルーム君は日曜日の蚤の市で安く見つけてきます。丁寧に部品を磨いて油を差し、いくつかのパーツを補修したり差し替えたりすれば、眠りから覚めるようにカメラが元どおりよみがえるのを彼は知っているのです。

そうして何十台ものカメラをなおし、なおすたび、自慢げに棚に飾っています。中には、ガタついていたり、磨いても消えなかったレンズの傷が残っていたりするものもありますが、そんなことは、まるでお構いなしです。

カメラは親しい友人のように接するのが一番で、腫れものに触わるようなつき合い方をしていては使いこなせません。少しくらい傷のついたレンズの方が、肩の力が抜けて、いい写真が撮れるのです。

そんなカメラで「気軽にスナップを撮るように書いたのがこのコラムである」とのこと。

古カメラをかたわらに置き、どこへ行ってしまったのか、窓の外の猫に呼びかけながら書いたコラムであります。

1 BLANKET ORA

発券所にて

近ごろ、巷で注目を集めているものと云えば〈発券所〉である。最近は街の各所にあるが、発祥はブランケット・オラ駅の駅前広場に面した小さな店だった。

演劇や映画はもちろんのこと、鉄道、飛行機、船、あるいは、回転木馬や観覧車に至るまで、あらゆる乗り物のために「発券」が必要になってくる。それらのチケットには、いずれもそれ相応の目的があり、乗るあてのない列車の指定券を買う者などいるはずがない——と誰もが思い込んでいた。

そうして、多くの人が「思い込んでいる」ことには、きっと落とし穴がある。落とし穴という言葉は否定的な印象だが、これを肯定的に云いなおせば、「鉱脈」になる。人が何かを思い込む分だけ、掘るべき鉱脈が生まれるのだ。

そうして掘り起こされたのが「純粋な」チケットだった。「純粋な」は少しばかり肯定的な云い方なので、これを否定的に変換すると、「意味のない」といったところか。

つまり、この〈発券所〉で発行されるチケットは、「走ってもいない列車の乗車券」であり、「上演されるあてもない芝居の座席指定券」である。いずれも、本物と違《たが》わぬ――いや、本物よりも数段うつくしいデザインが施され、そこに「純粋な」チケットの面目躍如がある。

利用客の感想は、なかなか奥深い。

「チケットさえ手に入れたら、そこからもう旅が始まります」

たしかに、旅というのはいつから始まるのだろう？　玄関から足を一歩踏み出したときか、それとも旅行鞄を手にして列車に乗った瞬間か、あるいは、目的地に到着したときだろうか。

「切符を手にしたとき」

これもひとつの答えかもしれない。何かを目ざしたり望んだりしたとき、すでにもう旅は始まっている。物理的な移動だけを旅とみなすのは、いかにも夢がない。

そして、これは旅だけに限らない。

〈とっておきのワインを一年分〉

もし、あなたがそう記されたチケットを手にしたら、あなたはもう、それから一年間、〈とっておきのワイン〉と共に暮らしていくことになる。

現に〈発券所〉でもっとも売れているのは、〈遠い星〉とだけ記されたチケットだという。

「いかがわしい」と思う方もいるだろう。しかし、よく考えてほしい。そもそも、チケットというのは不確かな紙きれにすぎない。その紙きれ一枚で約束が結ばれ、映画を見たり、音楽会に行くことが出来る。

「よく、それでやってこられたものだ」

もし、〈遠い星〉に住む異星人が知ったら、そう云って、われわれを羨むだろう。

「君たちは皆、じつにとんでもないロマンティストだよ」

3

BLANKET VILLA

〈グラスと本〉

一杯のワインでたちまち顔が赤らんでしまう。ワインに限らず、すべてのアルコールに弱いのに、どういうものか酒屋に魅かれて、つい立ち寄ってしまう。時間をかけて、ゆっくりラベルを眺め、新しいビールの銘柄を覚えたり、複雑なシェリー酒の名を手帳に書きとったりする。

しかし、飲まない。

飲まないのに、つい買ってしまう。

酒飲みの友人が遊びに来たとき、さりげなく取り出して、彼や彼女に飲んでもらう。乾杯のための一杯につき合い、その一杯の愉しみのために一本、いや、二本、三本と買って台所の一角に並べている。それだけでいい。花を飾るのももちろんいいが、きれいなラベルの酒瓶を飾るのは、もっといい。

酒には、それが酒となってそこに並ぶまでの時間がある。これは想像以上に長いものだから、「歴史」と云い換えてもいい。それでいて、いつか封を切るとき——つまり「未来」への予感を孕《はら》んでいるところがまたいい。

台所の隅に並ぶ酒は、いまそこにそうしてありながら、過去と未来の双方にパースペクティブを持っている。なおかつ、季節をいろどる花のように目を楽しませてくれる。

そういう意味で、酒は本に似ているかもしれない。ラベルは装幀で、一杯一杯がめくってゆくページである。

——と、これは酔った頭が考えた戯《ざ》れ言《ごと》だが、奇矯にもそっくり同じことを考えた人がいて、考えただけではなく、その戯れ言をそのまま店にしてしまった。

ブランケット・ヴィラ駅の南口から徒歩十五分。商店街が途切れるところに、その名も〈グラスと本〉なる酒屋がある。

一見、酒屋には見えない。少し風変わりな本屋に見えるのだが、じつは、棚に並んだ本には、その本に見合った酒が用意されている。

「なるほど、酒好きのための本屋か」と早合点してはいけない。ここは「本好きのための酒屋」なのである。

「さて、何を飲もうかと迷うときがあるでしょう？　本も同じです。本とお酒の両方決まらないときもある。悩んでいるうちに夜が明けてしまったり——そういう方のために開いた店なんです」

店主は無類の本好きにして酒好きだという。本屋と酒屋のどちらを開こうかと悩んだ挙句、甲乙つけ難くて、このスタイルになった。

「下戸のお客さんも大歓迎です。とにかく本を選んでくだされればいいんです。本を読めばきっと飲みたくなりますから。というか、飲まないなんてもったいないですよ」

本好きを酒好きにしてしまう、おそろしい店である。

Blanket Bloom

5 BLANKET GARAY

異星人に答える

発券所の取材であきらかになった「遠い星」への憧れが、なんとも屈折したかたちで書店のベストセラーに現れていた。

『異星人に答える／ブランケット・ボワ著』なるその本は、われわれが「遠い星」を目指すのではなく、異星人の方がこちらにやってくる話である。まったく異なった文明を背景に持つその異星人は、われわれが住むこの惑星のさまざまな事象をめぐって、じつに細かくあれこれと質問をしてくる。その問いに、著者のボワ氏が苦笑をまじえながら返答し、云ってみれば、プラトン以来の古典的手法に倣《なら》った「対話篇」の体裁を成している。

といっても、難なく言葉が通じ合ってしまうところなど、いかにもファンタジーめいているのだが、読み進めるうち、著者のボワ氏がきわめて冷静に現実を捉えていることに気づく。

異星人が問う——。

「君たちはなぜ、あのお金と呼ばれる紙片や金属片を信じられるのか？」

ボワ氏はこれに、こう答える。

「われわれは、ときに現実の風景より、それを描いた絵画の方に価値を見出します。物の価値は人それぞれで、価値は決してひとつに収まりません。それに、お金のような欲望と直結したものは生々しさを消す必要があります。われわれは、欲望の生々しさを紙きれに置き換えてごまかしているのです」

こういったボワ氏の自嘲をこめた皮肉な答えが多くの読者を喜ばせている。が、どうもボワ氏の返答の方が異星人の意見として響き、それが少し気になって、「生々しさ」を覚悟の上で著者に会いに行ってみた。

作家は思いがけずブランケット・ガレー駅のすぐそばに住んでいて、ベストセラー作家に似つかわしくない雑然とした街なかのアパートで暮らしていた。

「街の雑音が好きなのです」

ボワ氏はどこかのんびりとした人物だった。

「部屋を出て階段をおりれば、すぐに街がある。花屋と酒屋とカフェがある。人がたくさん行き交っている。そういう所がいいのです」

氏は買ってきたばかりの酒をグラスに注ぎ、「なにしろ酒が好きで」と一気にあおった。

そういえば、「なぜ、君たちは酒ばかり飲むのか」と異星人が問う場面があった。

「それは体に悪い毒ではないのか」と。

ボワ氏は本の中で平然と答える。

「われわれは免疫というものを発見し、毒を薬に転じさせることに成功したのです。酒はこの世のあらゆる毒を制する最も安上がりな免疫薬なのです」

あれは名答でしたね、と伝えると、

「いや、あれは単なる云い訳だよ」

笑いながら、また酒を一気にあおった。

ITS eANA ADAYS NiqOH MKE
SOheEOVOUSDWHandZWatera
m1OMAkEYDzz b!|wzOzh1O

7

BLANKET NOWA

〈アンブレラ・バンク〉

さて、ここに雨が嫌いな男がいる。

「一滴も濡れたくない」と真剣な眼差しで訴えている。「ろくなことないですよ、雨なんて。私はいつでもドライな状態でいたいのです。身も心もね」

彼なりの哲学だった。

「乾いているからこそ、人はさまざまなものを吸収できるんです」

彼の名はブランケット・クレイ。〈変わり者〉とストレートに書くのは気が引けるが、彼自身、「いえ、私は変わり者です」と認めている。

彼はブランケット・ノワ駅の西に広がる旧工業地域に生まれ、いまでもそこに住んでいる。父親が建てた家だという。

「父は発明家でした」

一度に四十枚ものトーストが焼ける〈ウルトラ・ジェット・トースター〉であるとか、水の中で正装するための〈水中タキシード〉などを生み出した。決して実用的ではないが、「そんなこと知らんよ」が父親の口癖だった。

「作りたいものを作る。ただ、それだけなんです、父の発明は。もし、遠い星から誰かがやって来たら、父の作ったものを見て頭を抱えるでしょう。いったい何のために？　って」

当然、父親も〈変わり者〉と呼ばれていた。残念ながら三年前に他界してしまったが、死の直前まで取り組んでいたのが〈レイン・バリアー〉なる新発明だった。

「雨に濡れないためのバリアーで、スイッチひとつで全身がシールドされるんです。まぁ、そのためには体中にクリスマス・ツリーの電飾みたいなものを着けなければならないんですが」

雨が嫌いな息子を思いやっての発明だった。結局、実現には至らなかったが、

「私が引き継いでいます。いえ、父の発明を引き継いだのではなく、作りたいものを作るという、その精神をです」

クレイ氏は父親のように器用ではなく、工作の技術や知識も持ち合わせていない。が、とにかく雨に濡れたくなかった。

「ある日、ふと思いついたんです。どこかに傘を預けておけばいいんだと。銀行みたいに。街のあちらこちらに〈アンブレラ・ボックス〉を設置し、銀行と同じシステムを導入すればいいんです。最初に傘を一本預けるとカードが発行され、それを〈ボックス〉のディスペンサーに挿入すれば傘が排出口から出てくる」

クレイ氏の話では、すでにいくつかの鉄道会社が興味を示しているという。

「手始めは駅からです。突然の夕立のときなど、利用者が殺到するはずですから」

「じつに実用的ですよ」と説明してくれたが、あるいは、彼の胸のうちは父親と同じで、「そんなこと知らんよ」だったかもしれない。

9

BLANKET CAT

強風地帯

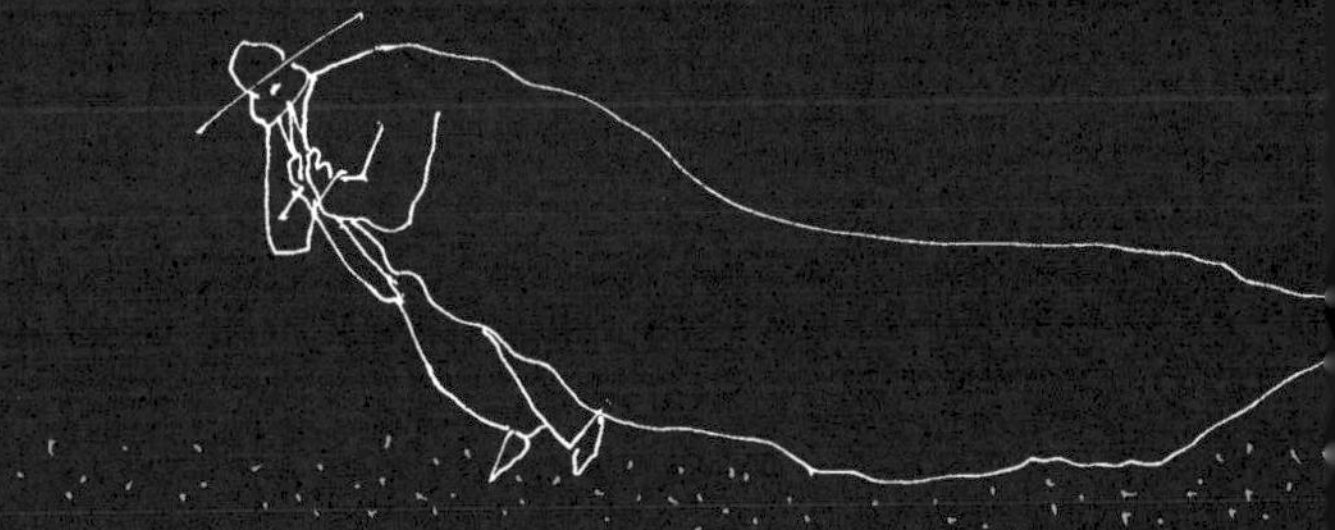

〈強風地帯〉というものがある。

いつでもどこかに必ずある。

本紙の気象欄を念入りに読めば、毎日、〈強風地帯〉に関する情報が掲載されているのに気づくだろう。そして、それが日々刻々と移動していることもわかる。が、それがどんなものであるかは、あまり知られていない。

もっと知られていないのは、〈強風地帯〉の詳細なデータや最新情報が〈ブランケット・カイ〉にある〈スペリング・ミス訂正協会〉で手にはいることだ。

御存知のとおり、この協会は、世界中のあらゆるスペルミスを訂正すべく、すでに半世紀を超える活動をつづけてきた。そのかたわら、人知れず〈強風地帯〉の情報をこつこつと収集し、その研究と追跡とに努めてきた。気象欄に掲載される情報は、じつのところ協会から提供されたもので、気象観測所にも〈強風地帯〉の正確な動きは把握できていない。

ハリケーンと比べると非常に規模が小さく、深刻な被害をもたらすことはまずない。

よく地下鉄の入口で強い風に出くわすことがあるが、風圧はあの程度である。ただし、〈強風地帯〉の風は一瞬たりとも止むことがなく、しかも、一方向からではなく、自在に吹き荒れて人を囲い込む。とはいえ、それで命を落とした者はいないし、体に不調を覚えたり、深い傷を負ったという報告もない。ただ風に圧倒されて、右にも左にも前にも後ろにも動けなくなり、自分で自分をコントロール出来なくなる。

さて、ここからが人の不思議である。

その「不自由」を体得しようと、自ら進んで風に挑む者がいるのだ。彼らは「自分の芯にある何ものかに突き動かされて」と云う。「おのれの無力を知りたいのです」と説明する。

風という見えない力に押さえ込まれ、一歩も踏み出せずにいる自分を体で感じ、それを「その後の人生に役立てたい」などとうそぶく。

おかしな話である。「一滴の雨にも濡れたくない」からと、傘の銀行を思いつく人もいれば、自由を奪う強風に自ら巻き込まれることを望む人もいる。

この理不尽を、遠い星からやって来た異星人に何と説明しよう。

いや、さすがにこればかりは、あのボワ氏でも答えに窮するだろう。

そう云えば、ボワ氏がこう云っていた。

「すぐに答えられる質問など、われわれにとっても、異星人にとっても大したものではありません。そうではなく、私にも彼らにも答えられないことがあるのです。本当に知りたいことはそこにあり、それを知るために孤独な探究をつづけているのです。たったひとりで」

だから酒を飲むのです、と氏は云った。「これは云い訳ではなく」と笑いながら。

BLANKET d CITY

冬の新聞

〈ブランケット・シティ〉より、冬の新聞が届きました。

この街は、その名のとおり、毛布をかぶった寒がりの街です。街に生まれて街に育ったブルーム君も、当然のことながら「生粋の寒がり」で、それゆえ、彼の冬のコラムには、はっきりそう書かれていなくても、「寒さとは何か」「寒いとは何か」「どうして寒いのか」というつぶやきが、たびたび聞こえてきます。

はたして「寒さ」とはなんでしょう。

これはきわめて普遍的な疑問です。

「この世に寒さというものがなかったら、いくつかの戦争は起きなかった」

そう云った人がいました。

その一方で、

「寒さが芸術を磨くのだ」

そう云った人もいます。

つい忘れがちですが、人間という動物は体毛の薄い動物です。冬に着込む服の枚数や、それこそ温かい毛布の恩恵を考えたら、人間はあきらかに冬に適していない生き物です。われわれが生まれ持った体だけで――つまり裸で、ということですが――過ごせるのは真夏しかありません。この事実は、ヒトがそもそも「熱帯の生き物である」ことを示しているのではないでしょうか。あくまで仮説ですが。

しかし、この仮説に基づくとすれば、ヒトは冬という季節がめぐってきただけで身の危険にさらされていることになります。

猫が滅多にその柔らかい腹を見せないように、ヒトは本能的に一定の「温度」を守って冬の数ヶ月を過ごしています。

つまり、ヒトにとって「冬」は、それだけで冒険なのです。「寒い」と口にすることは、腹をさらしていることへの警戒のつぶやきかもしれません。

いまいちど、

「寒さ」とは何か。

毛布をかぶった小さな街——世界でいちばん寒がりの街の様子を伝える、ブルーム君のコラムをお読みください。

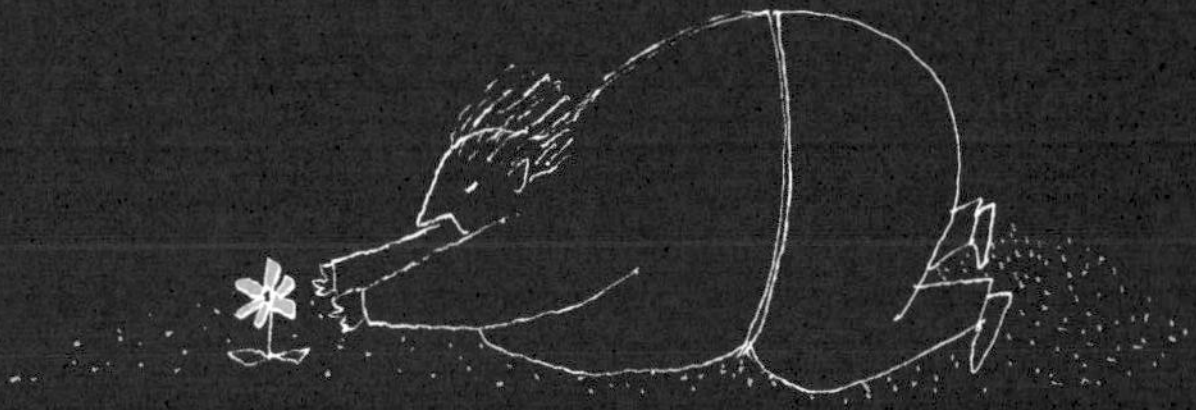

2

BLANKET ZIN

冬のノート

冬になると、かならずノートを買う。

儀式のように、ブランケット・ジンの〈ジン文房具商〉へ行き、仕事で使う薄手のフィールド・ノートを六ダース購入する。

買いたてのノートのページをめくるのはなんとも心地いい。何も記されていないその白いページを眺めていると、妙に心が落ち着いてくる。

しかし、その七十二冊を一年間の取材ですべて使い切ってしまう。白紙はすべて、自分の文字で埋めつくされる。

外出するとき、財布を忘れたことはあってもノートを忘れたことはない。すぐそこの雑貨屋に電球を買いにゆくときですら、内ポケットに忍ばせていく。

こうなるともう、相棒と云っていい。

もう少し正確に、相棒を御紹介申し上げる。

〈ジン文房具商謹製・測量用フィールド・ノートF02〉

薄手と書いたとおり、わずか百ページ足らず。煙草の箱をひとまわり大きくしたくらいのサイズで、〈測量用〉とあるのは、このノートが測量士のためにつくられた特別仕様だからである。

表紙には厚いボール紙が使われ、全面に黒くて硬い革が貼ってある。F02というカタログ番号は金の箔押しで、他には何も銘記されていない。

はじめてこのノートを見つけたのは、やはり冬のことだった。〈ジン文房具商〉の静まり返ったいちばん奥のコーナーで見つけた。

〈リヒテル型製図機械〉や〈陸地測量用精密水準儀〉といった謎めいた品々が並ぶ一角に、誰かが置き忘れていったようなこのノートがあった。ページを開くと、複雑な罫線が薄青と薄赤で規則的に並び、どことなくそれが精密な地図を思わせた。

その第一印象は間違いではなく、あとで調べてみたら、使用された用紙も刷色もインクも、すべて〈ジン文房具商〉が発行している〈携帯懐中地図〉とそっくり同じだった。

もちろん、あくまでノートであって地図ではないので、そこには地名も通りの名前もなく、起伏や距離を示す複雑な数字や記号も見あたらない。

が、いかにも測量士が作業を記録してゆくのにふさわしく、その何も書かれていないノートのページが、これから地図をつくりあげてゆく白い下地に見えた。

暖房の効かない寒々とした老舗文房具店は、店内でも息が白くなる。店頭に置かれたノートも冷えきっていて、冬の野をゆく測量士になった思いだ。

冷たい冬のノート。それが自分の仕事に――街をめぐり歩いて言葉を刻む仕事に、いかにもちょうどいい。

4

BLANKET LIM

冬の美術館

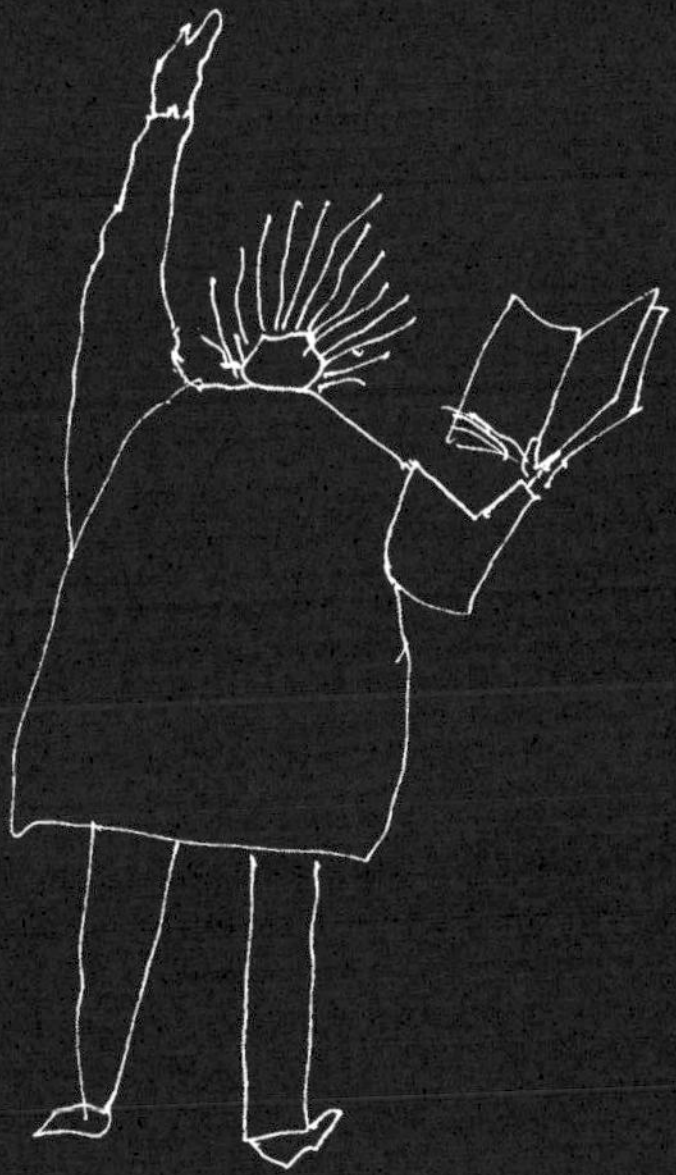

この季節に、人が寄りつかないところがふたつある。

水族館と美術館。

冬のタクシーに乗ると、そのふたつの「館」の割引券が、釣り銭とともに手渡される。カフェや書店、ときにはデリカテッセンのカウンターにも、ふたつの「館」のチラシやチケットが「御自由に」と積み上げてある。

が、誰も気にとめない。

いつからか冬の風物となり、マフラーや手袋のように冬の一部分としてそこにある。わざわざ手に取らなくても何が告知されているのか、皆、よく知っているのだ。

水族館は夏用のチラシに〈暖房完備〉と大きく付け加えたもので、美術館は、いずれも〈影〉の展覧会ばかり。

しかし、水族館はともかくとして、なぜ〈影〉なのか。

愚問かもしれない。

冬の街頭で、あなたはなぜマフラーを巻くのか、と尋ねても、「寒いから」と誰もが答える。

しかしここはひとつ、あえて「なぜ〈影〉なのか」とつぶやき、答えなど期待しないでブランケット・リムのブランケット・マース美術館を訪ねた。

もちろん〈ブランケット・バス〉の由緒正しい〈バルナック歴史美術館〉でもいいし、ブランケット・ヴェレの小粋な〈アローン・ギャラリー〉でもいい。どこも一律、同じように〈影〉の展覧会しか開いていないのだから。

『影の美と二十世紀の画家たち展』『影のルネサンスふたたび展』『影と影と、さらに影と影の世界展』――等々。

絵画か写真か彫刻家か、表現はさまざまだが、展示されているのはすべて「影」である。

それなりの理由と歴史的背景があるのでは、と探ってみたが、いくら調べても満足な答えは得られない。

それでも、訪れる価値はある。

どこでもいい、近くの美術館へ出かけ、先入観なしにじっくり「影」と向かい合ってみるといい。それが絵画であれば、しだいに絵に問いたくなり、さらには、その絵を描いた画家に「なぜ」と問いたくなる。もちろん答えは返ってこない。「影」を描いた画家の多くはすでにこの世から消えて久しい。

そこで、ふと気づく。その無言の「影」こそ、「答え」ではないのか。当然、「答え」に問いかけても仕方がない。探るべきは、その「答え」を導き出した「問い」なのだ。

美術館を出ると、外は夕方で、帰路の歩道に自分の影が長く延びていた。

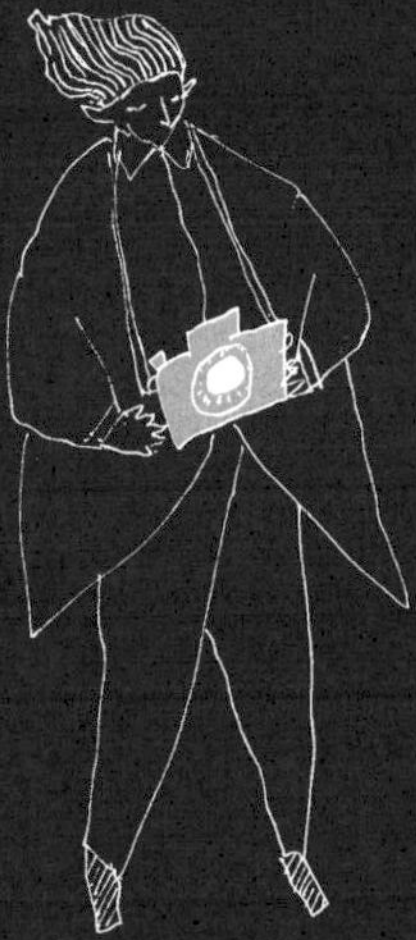

6

BLANKET LAVA

冬の調律師

そのピアノ調律師の工房はブランケット・ラヴァ駅から〈ラヴァ・リヴァ河〉に向から路地の途中にあった。

ある著名なピアニストについて証言をもらうことが取材の目的だった。

「すみません、何も覚えていないのです」

彼は多くを語ろうとしなかった。

「ピアノのことなら覚えていますが、ピアニストのこととなると――」

年齢は不詳だが、そろそろ、引退してもいい歳ではないだろうか。痩せた体を古びた椅子に預け、終始、同じ姿勢でこちらの質問に頷いたり、首を横に振ったりした。異様なほど耳の色つやがよく、浮き出た細い血管があざやかなピンク色をしていた。

「冬は手がかじかむので、ピアノを弾かなくなると思うでしょうが」

とつぜん彼は、こちらが訊いていないことを自分から話し始めた。

「ピアニストにはふたつのタイプがあるんです。冬のピアニストとその他のピアニストと。私に調律を依頼してくるピアニストの多くは前者で、彼らは時計の秒針のように細くて鋭い神経を持っています。おわかりでしょう？　時計の三本の針の中でいちばん動いているのが秒針です。彼らはどんな状況下においても完璧に弾いてみせます。寒さなど関係ありません。むしろ、彼らは冬の空気の澄明さを尊重しています」

ピアニストのことは覚えていない、と云ったのに、彼はじつにピアニストのことを――冬のピアニストのことを――知り尽くしているようだった。

「云うまでもなく、ピアノは指の楽器です。あれほど十本の指を満遍なく動かしつづける楽器が他にあるでしょうか。いや、楽器でなくてもいいのです。われわれは一体、いつ、この十本の指に血を通わせているのでしょう？　彼らの指はわれわれのそれとはまるで別ものです。この世にあって、この世にない。彼らは指先をあちら側に預けているんです」

「あちら側？」

「はい。あちら側とはつまり、冬のことです」

「話が難しくなってきました」

「いえ、そんなことはありません。われわれもよく知っていることです。〈冬〉というのは云ってみれば夜のことで、いまこうしているあいだも、われわれの惑星の半分は夜に侵されています。彼らの指先も同じことです。彼らの指は常に冬の神秘に触れていて、だからこそ、彼らだけに弾きこなせる音楽があるんです」

彼の話を正しく理解するためには、「言葉の調律師」が必要かもしれなかった。さすがに冬のピアニストの調律師をつとめてきただけはあって特異な考えを持っている。

「いや、全部、いま思いついたデタラメです。冬の退屈しのぎですよ」

8

BLANKET VELLE

冬のカメラ

それにしても、冬のカメラはおそろしく冷たい。

ここで云うカメラとは、機械式のクラシックカメラのことで、ボディの一部が革張りになっているとはいえ、あらかた金属でつくられている。ひとつひとつが手づくりのように繊細で、手袋をつけた太い指では、とうてい扱えない。

したがって、冬のカメラは手袋をはずし、目の前の凍えた風景を、背を丸めながらシャッターを切るのが流儀である。心なしか、シャッターの音も冷たく響き、一瞬とはいえ、指先が「ひやり」となる。急いでポケットに手を戻しても、しばらくその冷たさが指に残る。

この冷たさが冬のカメラの魅力である。

もちろん、冬の景色を撮ることそのものも好ましいが、たとえ撮らなくても、カメラを携えているだけで、なんとなく気持ちが引き締まってくる。

だから、冬の散歩は自分の意志で出かけるのではなく、カメラがN極を指す磁石となって撮影者を導く。普通なら、犬を連れて散歩するところだが、こちらがカメラに連れられて散歩をしている格好である。

すれ違った人の多くが「いいカメラですね」と声をかけてくる。

――どこで見つけたのですか。

見つけたのは、ブランケット・ヴェレの旧市街で、毎週日曜に開かれているガラクタ市でだ。店舗を持たない気ままな古道具屋の親父に、「これはいいよ」と薦められた。

「前の持ち主は写真家でね」

半信半疑でノートに書きとめたその写真家の名を、ある日とうとう古本屋の棚に見つけた。

表紙の破れかけた写真集は、いまはもうない小さな出版社から出たもので、『ブランケット・ヴェレの冬』とシンプルな題名がついていた。ページを開くと、半世紀前の街の様子が、ゆったりとした時間と一緒によみがえる。

写真の中の街はまだ若く、行きかう人々もどこか若々しかった。皆、重たそうなコートを着込み、表題どおり、すべてのページが冬の一場面で構成されていた。

眺めるうち、この無名の写真家が街の住民に愛されていたことが伝わってきた。カメラを向けられた彼や彼女は、皆、一様にこちらに笑顔を見せている。

中に一枚、帽子屋のショウ・ウインドゥに映り込んだ写真家自身の姿があった。ファインダーを覗いてるので、顔の半分はカメラに隠れているが、彼もまた白い息を吐きながら、その口もとに笑みがこぼれていた。

その瞬間。

まさにシャッターを切った一瞬の指先の冷たさが、こちらの指先まで伝わってくる。

「カメラが冷たいのは人に体温があるからです」

誰かがそう云っていた。

10

BLANKET BASS

冬のバスタブ

ブランケット・バスの〈バス&バス百貨店〉で見たことのない入浴剤を見つけた。入浴剤についてはちょっとうるさい。目についたものはあらかた試してきた。あれこれ試した結果、自分だけのスタンダードも決まりつつある。

週末はいつもあたらしく手に入れた入浴剤を湯に溶かし、ラジオを聴きながらバスタブにつかりつづける。

「体がふやけてしまうよ」

なんと云われようと結構。

布教するつもりもないし、変に流行になどならない方がいい。この街では入浴剤は貴重品で、わずかに輸入されたものに頼るより他ない。体を温めたいなら、湯につかるより、毛布をかぶった方がはるかに手っ取り早い。

「シャワーで充分じゃない?」

おっしゃるとおり。

しかし、バスタブに湯をためて首までつかると、一週間分のため息が吐き出されて、爽快なことこの上ない。

引き換えに、あわただしく過ぎた一週間の記憶がバスタブの底から浮かび上がってくる。

それで初めて一週間のあれこれが整理される。「あれこれ」が順番どおりに並び替えられ、頭の中の倉庫にひとつひとつしまい込まれる。

もし、この時間がなかったら、あるいは記憶喪失になってしまうかもしれない。

「ノートがあるじゃないか」

おっしゃるとおり。

しかし、ノートに記録されたものは、コラムを書くための思惑に縛られていて、さらに云うと、カメラに収めたいくつかのシーンも、よくよく選び抜いて切りとったものでしかない。

ところが、ヒトの目はカメラの目よりずっと優秀である。まばたきがシャッターの代わりになっているのだろうか、思いがけないものが記録されていた。

それが、つきつぎ湯の中に浮かんでくる。

たとえば、この一週間に出会ったりすれ違ったりした彼や彼女の顔。まさか、彼にしても彼女にしても、自分が他人のバスタブの中で再生されているとは思いもよらないだろう。

こんなことも考えた。

彼や彼女の顔を記憶したのが自分であるということは、自分の顔を記憶しているのも彼や彼女ということになる。当たり前だが新鮮な発見で、鏡でも眺めない限り、自分の記憶に自分の顔は記録されないのである。自分はいつでも他人の中に記録されている。

知らず知らずのうちに。そうしてお互いを記録し合っている。

ひとりではないのだ。

バスタブの中で、ひとりそう思う。

e

BLANKET CITY

未来はいつでも
過去に似ている

「職業は何ですか」と訊かれ、「想像することです」と答える人がいたら、その人はずいぶん夢見がちな人でしょう。でなければ、ずいぶんと危険な人です。

しかし、作家や詩人なら、ときにはそう答えるかもしれません。もちろん、作家であろうが詩人であろうが、夢見がちな人であることに変わりはないのですが。

しかし、「夢見がち」と揶揄する次元とは別のところに、「想像力」は間違いなくあります。それは、文字どおり人が持ち得る力のひとつで、ただし、この「力」の度合を測定することが、なかなか難しい。

仮に、「想像力測定器」のようなものがあるとして、その測定結果がある数値を超えたときに、その人は「想像力」の力持ちであると認められる――そんなことにでもなれば、あるいは、「想像」が立派な仕事として容認される日が来るかもしれません。

たとえば、「想像」の親戚と云っていい、「予想」や「予測」といったものは、すでに仕事として成立しています。気象の予報や競馬の予想、さらにもう少し抽象的な領域にまで広げれば、ある種の占いを支えるのも「予知」や「予感」です。彼ら――す

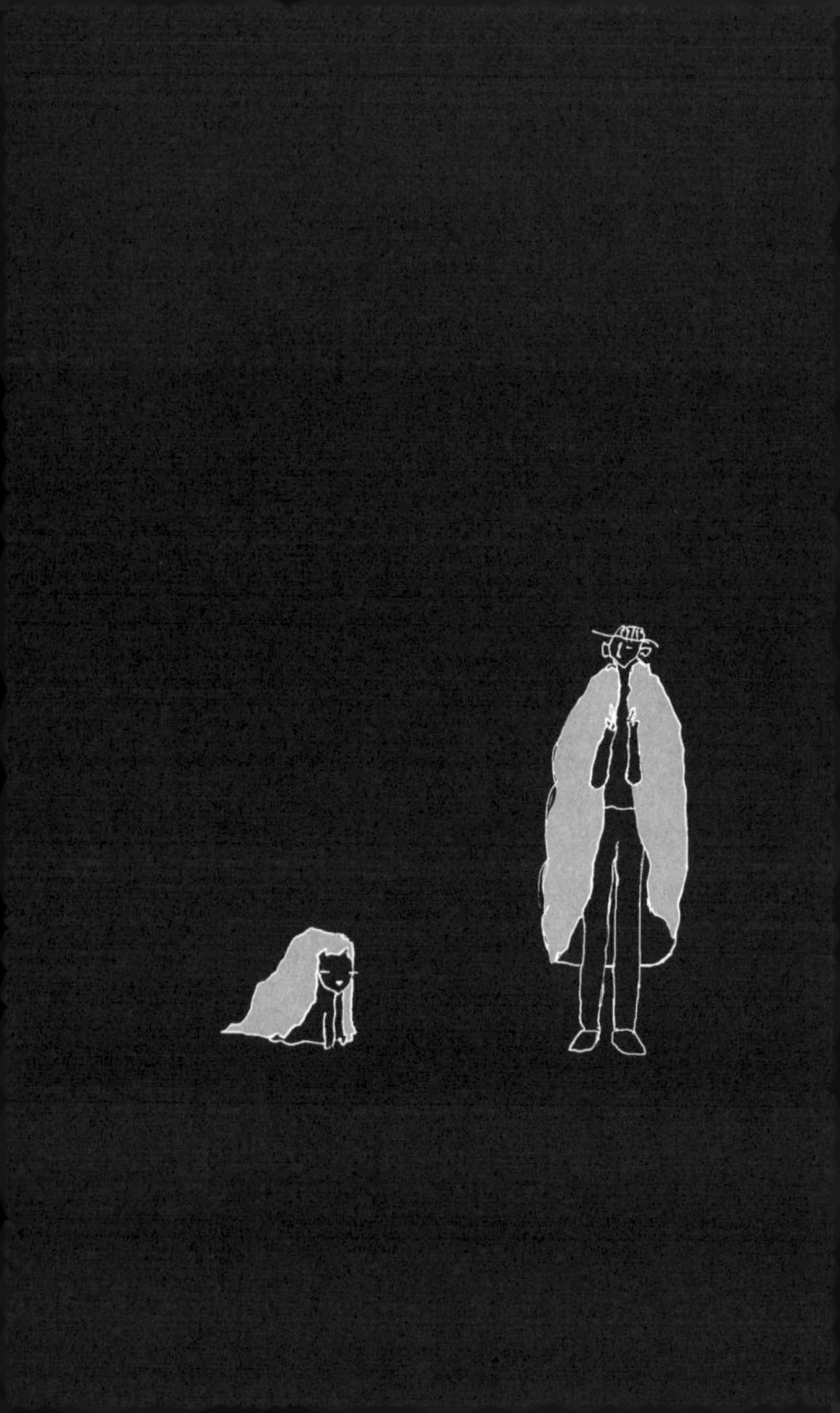

なわち、予報士、予想士、予言者、といった人たちの仕事を定着させたのは過去のデータですが、それは「どのような未来もいつかは過去になる」という、なかなか魅力的な真理に裏づけられたものです。

つまり、未来はいつでも過去に似ているのです。そのためにも、記録を残すことは非常に重要な作業でしょう。それも、数字や現象以外の記録を残すこと、それが作家や詩人の役目なのかもしれません。

物語を書くことができるのは、いつでも生き残った者である、と誰かがそう云っていました。しかし、本当に物語を語るべきなのは亡くなった人たちです。

そこで、「想像力」が求められます。

今回、ブランケット・ブルーム君は、そうした「物語」に挑む五人の作家を訪ね歩いたようです。

1

BLANKET ORA

美しく不気味なもの

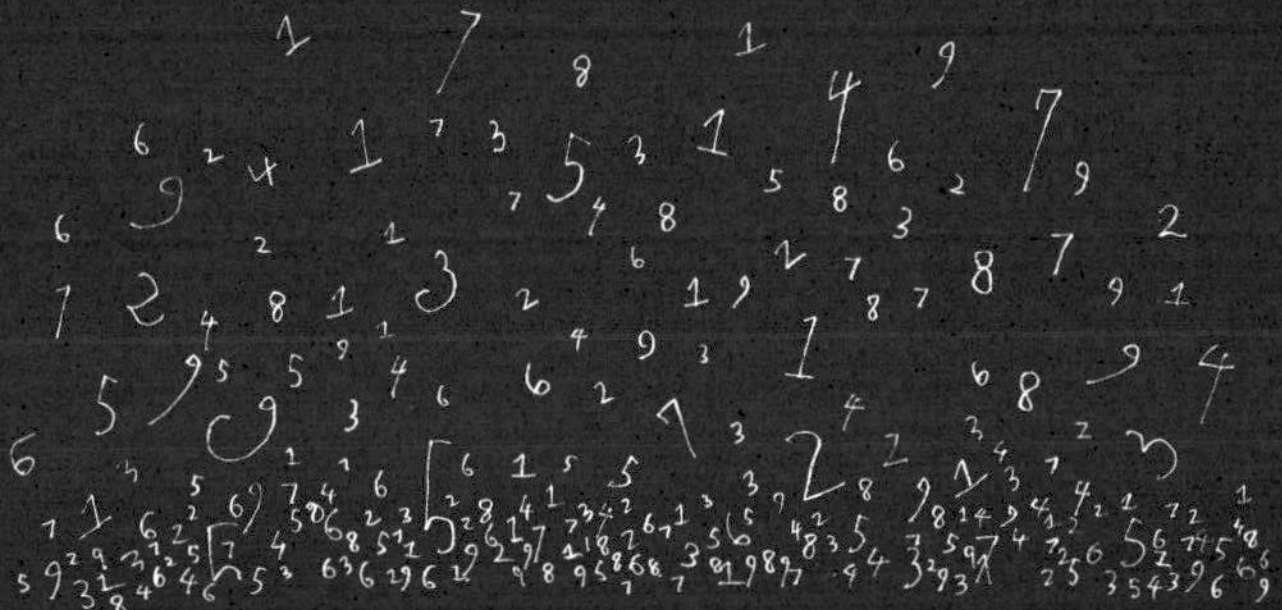

彼——ブランケット・メイ氏は、「靴箱の中に住む小さなテロリスト」の物語を書いて、その名を知られるようになった。現在二十六歳。「風変わりな設定ばかりを好んで書いてきた」と語る口調に迷いは感じられない。書き始めたのは十五歳のときで、数学のノートの余ったページに、「数学を抹殺する男」の物語を授業中に書いた。

「長編でした。なにしろ数学が嫌いでしたから、ノートはたっぷり余っていたんです。数学など無くなってしまえばいいのに、という思いが私に物語を書かせました」

そのころから、書いたものにはタイトルを付けていない。二十三歳でデビューするまでに六本の習作を書いたが、いずれも事務的に番号が振ってあるだけだ。

「タイトル、装幀、キャッチコピーといった作品のまわりに付属するものに興味がないのです」

彼なりに考えがあった。

「そもそも、人の口から口へ語りつがれてきた物語に、洒落《しゃれ》たタイトルなどなかったはずです。その時々でうつろいゆくのが物語で、タイトルを付けた途端にパッケージ化されて身動き出来なくなる。それでは物語を殺してしまいます。物語というのは、もっと有機的な、いわば軟体動物のようなもので、常にかたちを変えながら、我々を侵食するものです」

当然、とらえどころがなく曖昧で、だからこそ「美しく不気味なもの」だという。

「私にとっての数学によく似ています」

彼の作品はいずれもその「美しく不気味なもの」と対峙する人々の物語で、授業中の処女作以来、一貫して主人公は「それ」と戦いつづけてきた。とらえどころのないものは「数学」に始まって、ときに「歴史」であり、あるいは「気象」であったり、もっと単純に「欲望」に姿を変え、作家を有名にした作品では「宇宙」になって顕現した。

「靴箱の中のテロリストは宇宙そのものを改革したいのでしょう」

彼は他人の本を批評するように唇を噛んだ。

「じつに不毛な戦いです。しかし、それが美しく不気味であればあるほど、どうにかしてそれを捉えたい」

彼は書斎で書くことを嫌い、執筆は駅前のコーヒー・スタンドでノートにペンで書く。数学のノートの余りではないが、気分は授業中にこっそり書いたときのままだと笑う。

「まっとうな時間が流れている、その隅の方に身を置いていたいんです」

それが彼の標準的な戦闘体勢である。たとえ、不毛な戦いであるとしても、彼が書きつづける以上、その向こうには、美しくも不気味な「それ」――物語が蠢《うごめ》いている。

1
2
3
4
5
6
7
8
9

3

BLANKET VILLA

衣装部屋にて

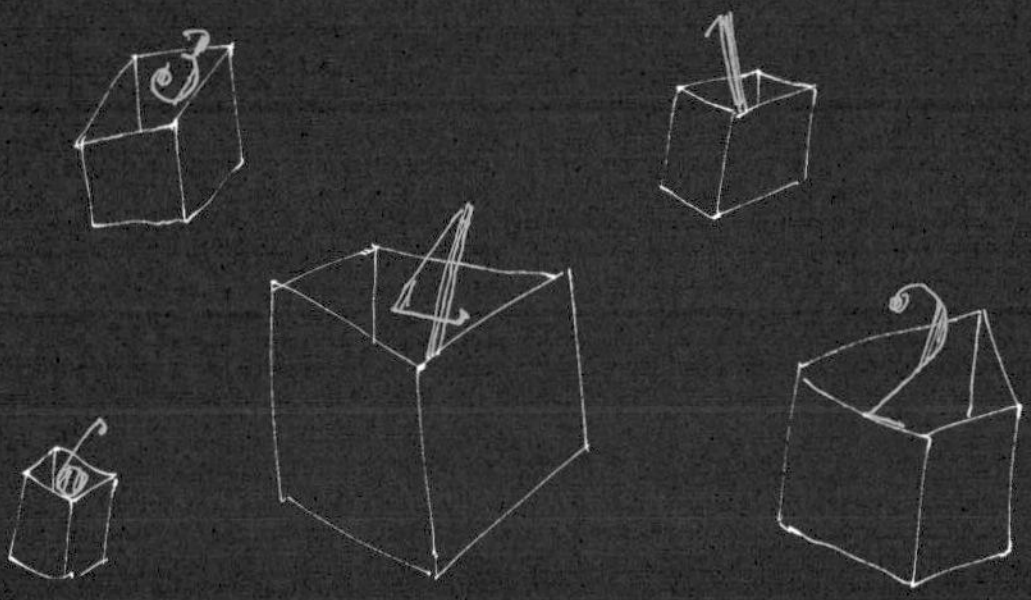

「物語なんて、どうでもいいんです」

ブランケット・ノイ氏の仕事場は、ブランケット・ヴィラ駅の中世寺院を模した駅舎を望むマンションの一室にある。五十六歳。ひとり暮らしである。

「私は、物語そのものに興味がありません。物語の中から抜け出てきたような人物が気になるんです。物語、物語と簡単に云いますが、本当に物語を名乗るべきものがどれほどあるでしょう。作者である私がうんざりしているんですから、登場人物である彼や彼女が嫌気がさすのも無理はありません。同情します。彼らは安易に〈物語〉と名づけられた状況に辟易し、誰にも気づかれぬよう、そっと抜け出してきたんです。こちら側に」

その「こちら側」が氏の小説の舞台である。

「そこは、われわれのこの街ではありません。もちろん、魔法の王国でもなければ、宝島でもありません」

氏が近年書きつづけている『衣装部屋にて』というシリーズは、氏の云う「物語に倦《う》んだ登場人物」が、物語の「衣装」を脱ぎ、物語の中の約束事や束縛から解放されるという設定である。たとえば、鏡の国から抜け出てきたアリスが「彼女」となって成人し、ごく普通の生活を静かに送っている。その「彼女」の生活の場が「こちら側」ということになるのだが、「衣装部屋」という言葉に託されたその次元について氏はこう語る。

「物語の中の世界と、われわれのこの世界との中間に位置する狭間です。いま、仮に狭間という言葉を使いましたが、実際は、この次元こそ、最も広大で奥が深いんです。でも、意味としては狭間としか云いようがない。虚構と現実のあいだにある空間、つまり舞台と客席のあいだにある〈楽屋〉のような場所です。そこには虚構を演じるための衣装や小道具が揃っています。いざとなれば、その衣装をまとって、どう動き、何を話せばいいのか指示された台本もある。無論、われわれのこの現実の街に向けて開かれた扉もあって、彼らはその楽屋口から自由に外へ行き来することもできます。でも、彼らは衣装部屋に踏みとどまる」

内か外か。虚構か現実か。そもそも、世界をそのように捉えること自体、「物語的です」と氏は云う。

「世界はそんな単純なものではありません。その中間域に私が望むものはあるんです。しかも、何故かその次元だけ不当に無視されてきました。だからこそ、探索する価値があります」

氏の最新作には、登場人物のみならず、作者であるノイ氏も「衣装部屋」に姿をあらわす。

「楽屋に差し入れをする気分です。ご苦労様、と彼らの肩を叩きたかったんです」

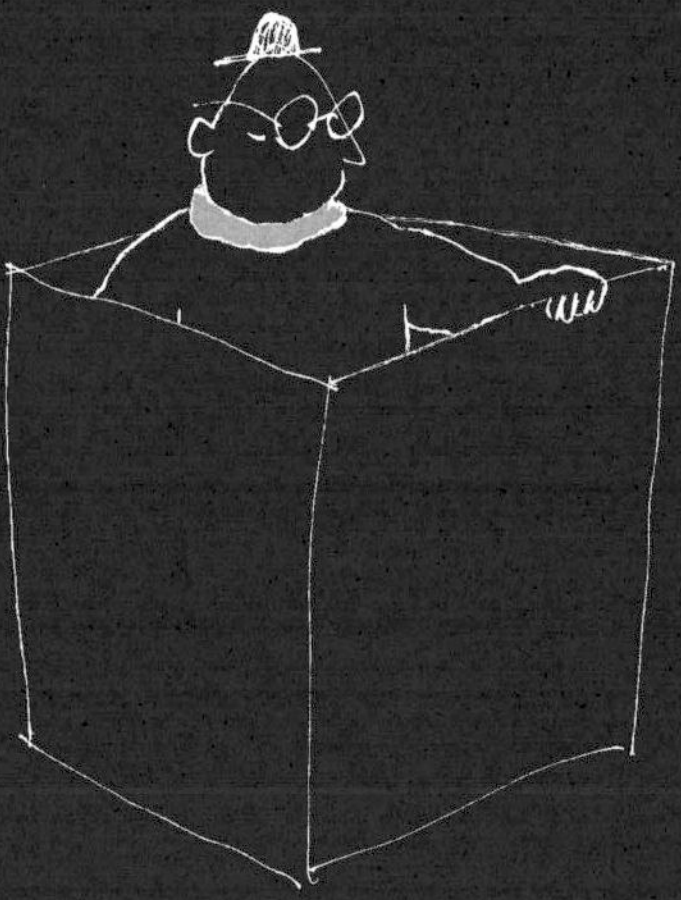

5

BLANKET GARAY

眼鏡が書く

ブランケット・ポリー嬢は同じ眼鏡を三つ持っているという。ひとつは机の引き出しに、ひとつはバッグの中に、そしてもうひとつは、常に彼女の鼻の上に。

「執筆のための唯一の必需品です」と彼女は云うが、彼女の近視はごく微弱で、「必需品」の意味は他にある。

「私はフィクションやファンタジーを書きたいと思ったことは一度もありません。仮に読者がそう読んだのなら、私の意図は伝わっていないということです」

作家歴は二年足らずだが、すでに三冊の著書がある。いずれも年齢や性別を問わず多くの読者を獲得してきた。

「ただ、事実をありのまま書いているんです。私の身の上に起きたことだけです」

彼女の言葉を念頭に三冊をひもとくと、読者は間違いなく混乱するだろう。そして、十秒と経たぬうちに、「なるほど」と納得する。

たとえば、彼女の最初の本――その名も『四月馬鹿通信』――の最初のエピソードで、読者は作者にして主人公でもある彼女が、アパートの「キッチン・テーブル」の上を二週間かけて冒険する様を読むことになる。

「すべて、事実なのです。私はあのとき——あの三年前の四月に、ちょうど二週間かけて私が使っているキッチン・テーブルを隈なく検証しました。非常に雑然としたテーブルで、私はその状況をひどく憎んでもいたのです。私は目の前の事実をひたすら観察しながら我慢強く記録しました。それで発見したんです。見つめることの技術とでも云えばいいのか。見つめれば見つめるほど対象は巨大化し、書くうちに、テーブルの上の雑然とした品々が険しい山脈や荒廃した城に姿を変えました」

それを「妄想」と呼ぶには、彼女の観察はあまりに冷静かつ学術的で、そこには詩学と博物学と地誌学の奇妙な融合が成立していた。

彼女は「キッチン・テーブル王国」の西側に位置する「未読の新聞峡谷」の最深部に、青カビの発生したぶどうパンを発見し、それがカビの進行とともに——正確に記すと、カビの侵食を見つめる彼女の観察が仔細をきわめるほどに——パンは数時間おきに膨張し、ついに「パン屑の砂漠に埋没した巨大隕石」と名づけられて神聖化されるに至った。

約二週間。読者は彼女のまなざしに導かれるままテーブルの上を遊覧する。

「新しい眼鏡の具合がよかったのです。私はこの眼鏡のおかげで、本当のことを見つめる目を取り戻しました」

不満がひとつあるらしい。

「何故かファンタジー小説の大賞を頂いてしまったのです」

眼鏡をはずし、レンズの汚れを念入りに拭きとりながら彼女は首を横に振った。

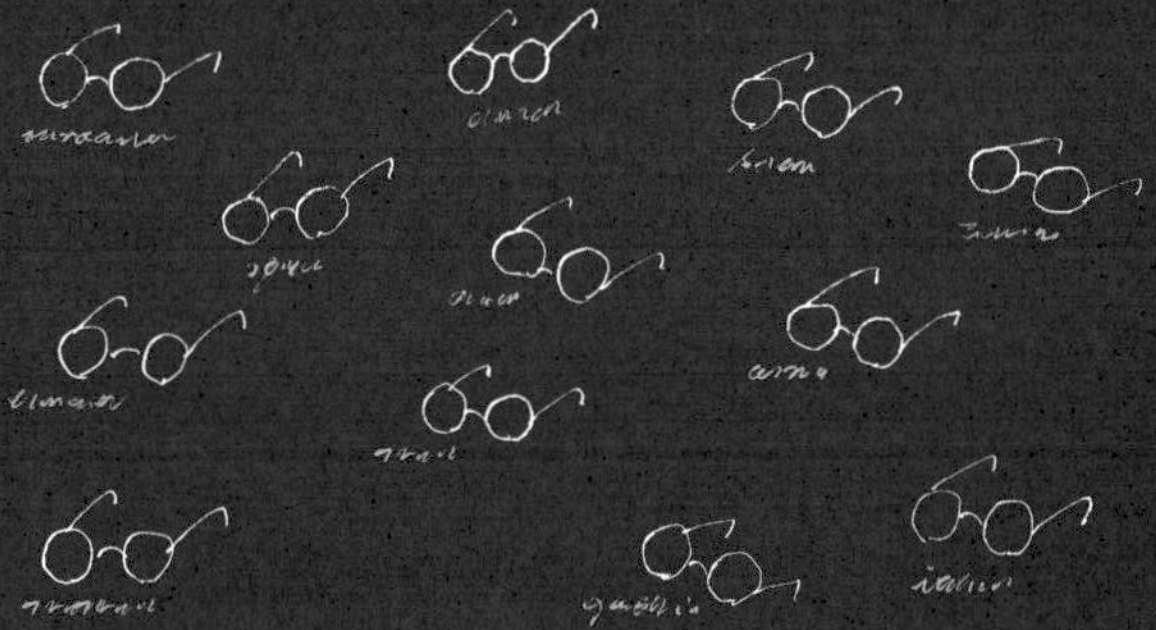

7

BLANKET NOWA

コインの饗宴

JENAspi
BLAKET

「まぁ、云ってみれば、コインみたいなものですよ」

ブランケット・ベリィ氏とは、ブランケット・ノワの大衆酒場でお会いした。待ち合わせの場所を作家が指定してきたのだが、まだ陽の高い昼さがりだった。

彼こそ、誰もが知っている小説家である。

「街中の誰もが私の本を読んでいました。私も何も考えずに札びらを切ったりして――いま思うと、どうして、あんなことをしたんだろう」

氏は初期作品の大半を自ら絶版にし、いまでは古書店を丹念に探さない限り読むことはできない。

「読まなくていいです」

あっさりそう云った。

「私にとってはいい経験でしたが――いや、そう思うことにしています。こちらの覚悟が足りなかったのかもしれないけれど、まさか自分の書いたものがあんなに多くの目に触れるとは」

氏は「昔の作品は不本意だ」と重ねて云う。

「どれほど大きな物語が書けるか、そればかり考えていました。札びらと云ったのはそういう意味です。でも、あれはどれもニセ札だったんです。いまでも私は夢にうなされます。財布から取り出した紙幣が馬鹿馬鹿しい見え透いたニセ札でしかなくて、私はレジで支払いを済ませようとしながら、いつ発覚するか、とひやひやしているんです」

作家はそこで豪快に笑った。が、一時期は笑うことを忘れ、囚人のように青ざめた日々を送っていたという。

「それが、あるとき、ふと目が覚めたんです。よく考えてみると、紙幣というのは便宜上つくられた紙っぺらで、小銭の方がよっぽど本物の金貨に近いものじゃないかと」

以降、氏は自分の作品を「コインの小説」と称し、コインを一枚一枚積み重ねてゆくように物語を書いてきた。

「どれも、小さな物語です。コインのように煩わしいかもしれないけど、それが人生です。決して、ペーパー・バック一冊で手っとり早く手に入れられるもんじゃないんです」

いま、ベリィ氏は心から執筆を楽しんでいる。

「題材はわれわれの社会に無数にあります。利便性を見込んで発明された〈紙幣〉に当たるものを見つけ出せばいいんです。街を歩けばそこら中にありますよ。そいつをくずせばいいんです。札を小銭にくずすみたいに」

作家はどうやら本質に向かおうとしているらしい。

「物事の本質？　いや、そんな大それたものじゃなく」

作家はそこで、くしゃみをひとつした。

「この世にはコインでしか買えないものがあるってことです」

5

9

BLANKET CAI

五つのペン先

彼はじつに五つのペンネームを持っていた。

どれかひとつに比重を置かず、五つを均等に使いこなして書き分けている。

「駅で会いましょう」

取材を申し込むと、氏はブランケット・カイ駅のプラットホームを待ち合わせ場所に指定してきた。

「電車の中で移動しながら話すのがいいでしょう。なにしろ、五人の作家を訪ねてまわるようなものですから」

提案どおり、おなじみの環状鉄道を何周もしながら話を聞くことになった。

「彼らはこの街に点在しています」

「彼ら」とは、他でもない彼の分身である五人の作家のことである。

「彼らは皆、同じ空気を吸っているんです。でも、年齢や風貌だけではなく、生活習慣や言葉づかい、それに考え方もずいぶん違っています。考え方というのは、つまり、どう書くかということです」

五つのペンネームで書かれたものは、彼の云うとおり、それぞれに独特の個性を備えた作品で、事情を知らない読者は、それが同一の作者によって書かれたものだとおそらく気づかない。というより、それ以前に、五人の個性があまりにかけ離れているので、五人の作家をすべて愛読する者がはたしてどれくらいいるのか。

「いないでしょう」

作家は平然としてそう云った。

「五人は常に拮抗《きっこう》しています。対立したり影響し合ったり、ときには、一堂に会して愚痴をこぼし合ったり」

その口調は、五人の作家について語るのではなく、五人の登場人物について語る演出家のようだった。

「いや、私は五つの役どころをかけもちで演じる貧乏役者ですよ」

いずれにしても、ただ単に小説やエッセイを書くのではなく、それを書く作家の「存在そのもの」から書き始めようと思いついたらしい。

「特別、変わったことをしているつもりはありません。ペンネームで書くと決めた時点で別の人格を一枚かぶることになるんです。私の場合、かぶるのがセーターだったり、派手な覆面だったり、でなければ、犬の頭だったりと、かなりデタラメですが」

話の途中、彼は電車の窓から街を眺めた。

「小さいけれど大きな街です。世界はもっと広いです。そんな中、たった一人で書くのは心もとないことです。でもね、五人いればなんとかなる。思い込みですけどね」

どれが本名なのかと訊いてみると、

「どれも違います」

嬉しそうに、しかしどこか寂しげに街を眺めながらそう答えた。

BLANKET

BLANKET
BLANKET
BLANKET

BLANK f ETCITY

足もとから伝わってくる音

「興亡」という二文字には、なかなか奥深いものがあります。

じっくりと眺めて、あれこれ考えていますと、もしかして、人の世のすべては、この二文字に集約されるのではないかと思えてきます。

やや強引に変換すれば、「興亡」は「生死」であり、もう少しコンパクトに云い換えれば、「勝ち負け」ということになるでしょうか。

「死」「負」「亡」

と三つの文字が並ぶと、さすがに気持ちが曇ってきますが、これらの文字はいずれも、

「生」「勝」「興」

という文字が一方にあることで、初めて成立する文字です。

となれば、そこに「死」という一文字が単独であったとしても、そこにはもれなく「生」という一文字が寄り添っていることになります。

生なくして死はあり得ず、興隆なくして滅亡はあり得ません。

ついこのあいだ、「死」を迎えた二十世紀の百年間には、じつにさまざまなヒトとモノとが短期間のあいだに興されては亡くなり、生きては死んで、勝っては負けてゆきました。

たまたまではありますが、ふたつの世紀に跨がって生きることになったわれわれとしては、前世紀における「興亡」を、自分の足もとにまで響いてくる落雷のようなものとして体感しているはずです。

もちろん、今世紀もまた、はなはだしい「興亡」が繰り返されるでしょう。だからこそ、足もとから伝わってくる音に耳を澄まし、ヒトが何を興して、何を亡くしてきたのか整理してみるのもいいかもしれません。

それはおそらく、悲しさと楽しさが混在した時間になるでしょう。

今回、ブランケット・ブルーム君から送られてきたコラムには、彼が暮らしている部屋の乱雑さが報告されています。

しかし、乱雑さが手に負えないのは、何も部屋ばかりではない——と、さりげなく、いえ、声高らかに前置きしておきたいところです。

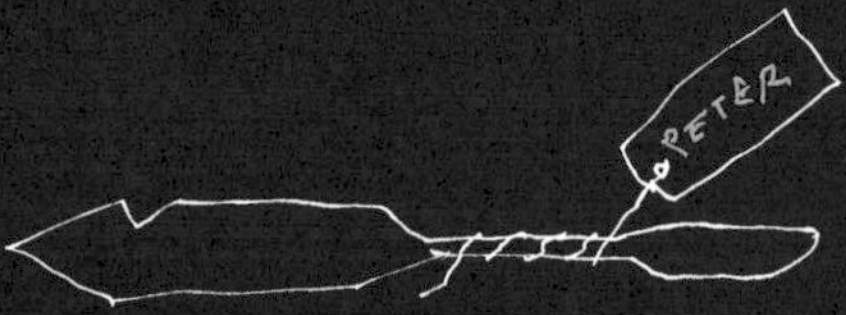

2

BLANKET ZIN

バターナイフの興亡

いつからか、バターナイフが見直されている。

バターナイフである。

それまで誰も気にとめていなかったのに、どういうわけか人々の心をとらえ、あちらでもこちらでも話題にのぼり始めた。

そればかりか、ナイフにめいめい名前が付けられ――たとえば「チャーリー」などと名付けられ――それらが食器店に並ぶと飛ぶように売れていく。「ミリー」「エイモス」「ピーター」などとつぎつぎ命名され、使用の際に、その名で呼ぶ者も現れた。

「ちょっとすまないけど、そこのチャーリーを取ってくれないか」というふうに。

あるいは、

「ピーター、すまないけど、そこのパンにバターを塗ってもらいたい」というふうに。

「ピーター」はバターナイフなのだから、パンにバターを塗るのは当たり前なのだが、ひとたび名前を授けられると、愛情の注がれ方がまるで違ってくる。

そうこうするうち、バターナイフ・コレクターなるものが出現し、つづいて「バタ

―ナイフ研究家」があらわれた。型の変遷やメーカーの系統が綿密に調査され、そのうえで正しいバターナイフの歴史が編纂された。結果、いくつかのバターナイフ工場は「聖地」と呼ばれることになり、バターナイフを讃える歌がつくられて、ダンスが考案された。写真集や絵本はもちろん、バターナイフを題材にしたゲームがつくられ、物語定評あるベテラン作家が「意志をもったバターナイフ」の物語を書き下ろした。物語は即座にテレビドラマ化され、映画化、舞台化、アニメ化までされている。

市場の裏ではブームにあやかった海賊商品が数多く出まわった。混乱を沈静化するべく、「バターナイフ協会」が設立され、バターナイフをめぐるいくつかの決まり事を制定して、ついでに——というにはあまりに大げさなのだが——「バターナイフ記念日」を設けて、祭典を催すことを取り決めた。

先週の水曜日が、その記念日だった。

祭典はバターナイフの聖地が並ぶブランケット・ジンで開かれ、愛好家と近隣の住民がめいめい自慢のバターナイフを持ち寄った。

しかし、すでにブームが落ち着いてしまったこともあり、集まった人の数は予想外に少なく、祭典そのものもあまりに見すぼらしかった。

あるいは、これこそが人類が繰り返してきた「歴史」なのかもしれない。何でもいいのである。何でもいいから祭り上げ、ひとときの幻想に遊ぶのだ。数行の記録だけが残され、人々の記憶には何も残らない。

さて、次にバターナイフがふたたび脚光を浴びるのは何百年先のことになるだろうか。

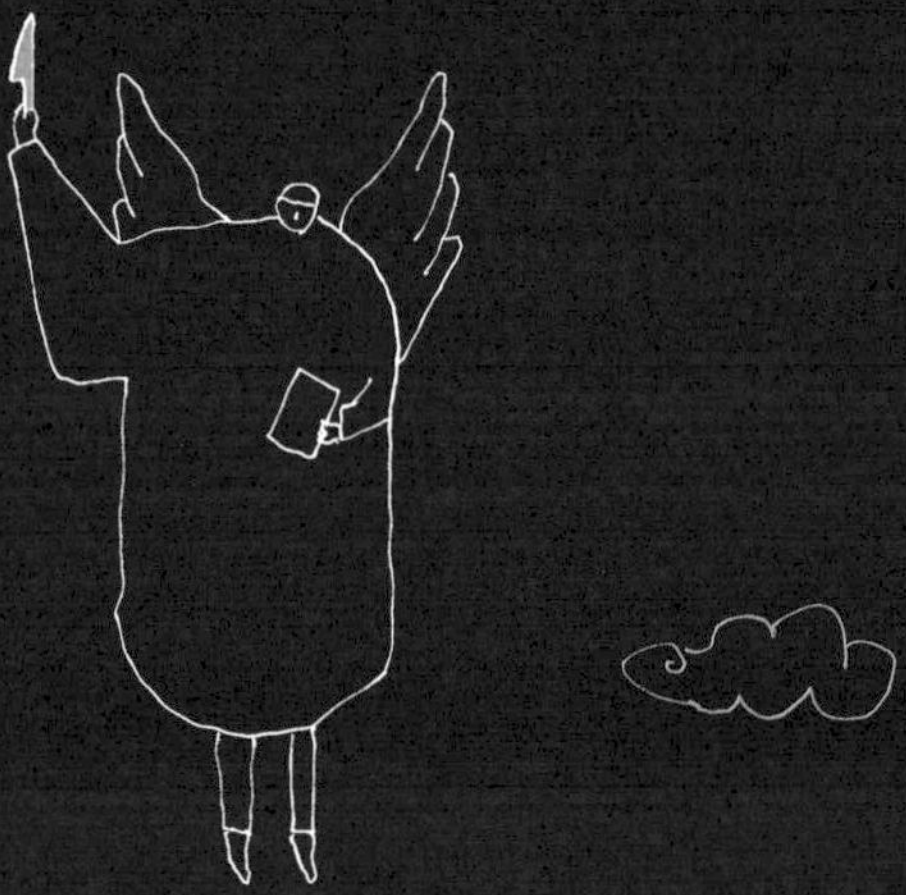

4

BLANKET LIM

甘いかけら

踏み台を探して〈ブランケット・リム〉の古道具屋街を歩いた。

が、そう簡単には見つからない。安物でいいから踏み台が欲しかった。積み上げられたガラクタのてっぺんに手が届かなくなったのだ。

昔は一家にひとつ踏み台があった。しかし、家を離れて一人で暮らそうというときに、踏み台を買おうとは思わない。いざとなれば椅子で代用すればいいし、独り立ちをしたばかりのころは荷物もそれほど多くないから、そもそも高い棚を設ける必要もない。

が、時間はすでにたっぷり流れている。

さしたる収入も蓄えもなく、恒常的貧困にあえぐ一市民ではあるが、それでも日々を周遊するうち、あれこれとガラクタがたまってゆく。

蓄えのみならず、背丈も増えなければ脳のしわも増えなくなってきて、何ひとつ有益なものは身につかないのに、どこかに磁石でもついているのではないかと疑うほど訳の分からないものが我が身に取りついてくる。甘いかけらをせっせと運ぶ蟻になった心境だ。

いい機会なので、その「甘いかけら」を列挙してみよう。

こわれた電熱器。馬鹿げた花瓶。無数のクッション。買い置きのキャット・フード。封を切っていないダイレクト・メール。取材先でいただいたマッチ。書きかけのノート。使い古した鞄。ろくにかぶっていない帽子。飲みかけの酒。母が執拗に送りつけてくる洗濯石鹸。無数の未読の本。いいかげん聴きあきた傷だらけのレコード。こわれたカメラ。曇った交換レンズ。こわれていたのを直したカメラ。そのカメラで撮った膨大なネガとポジとプリントの束。記憶にない領収書。得体の知れない請求書。役所からの通知。何かの紙袋。何かの空き箱。穴のあいたズボン。インク切れのペン——。

きりがない。これでもまだ序の口である。

もし、部屋に収まっているすべての物をリスト・アップしたら、目を通すだけで半日かかる。

ふと、思い出された言葉があった。

「人生は風通しよく過ごすべし」

学生のころに憧れた詩人の言葉である。昔は胸に響いたが、いまは胸に痛い。なにゆえこんなにふざけた物ばかりをあたりに散らかし、風通し悪く澱んだ空気の中に暮らさなくてはならないのか。

いや、「なにゆえ」と純粋に自問したのは、まだ塵が積もり始めたころで、いまは答えを知りながらも、芝居じみた「なにゆえ」の声をあげている。

詩人はたしかこんな一行も書いていた。

「今日もまた私は孤独の修繕のために似つかわしくもない壁紙を貼り、意味のないガラクタばかりをせっせと積み上げている」

6

BLANKET LAVA

引き出しのある店

「二十一世紀というのはさ――」

行きつけの古道具屋の主人が云っていた。

「再確認のために用意された百年じゃないかと思うね。それでいいんだよ。もうこれ以上、新しいものをつくる必要なんてない。もう充分だ。どうしてそれがわからないんだろう。どうして、こうも次から次へとつくり出すんだ。もういい加減うんざりだよ。違うかい？」

ブランケット・ラヴァのななめに走るメイン・ストリートを、駅から三分ほど歩いたところにある古道具屋である。看板に「古い引き出し」を意味するラテン語が彫られている。

この店は看板に偽りなく「引き出し屋」で、洒落や比喩ではなく、実際に店内は「引き出し」で溢れている。ただし、「残念ながら」整然とはしていない。

「残念ながら」は主人の弁だ。雑多、混沌、目茶苦茶、乱雑ではあるが、いつでも美は乱調にある。

大小さまざまの、およそ千を超す引き出し。いや、ゆうに二千を超えているかもしれない。「残念ながら」正確な数はわからない。

「そんなことは、どうでもいいんだよ。数なんてものは二の次でね。目の前にあるものを手に取って確かめればいい。違うかい？」

店の乱雑さに反し、主人は小ざっぱりとして、どこか都会的だった。

「街が好きなんだよ。だってそうだろう？　この商売は街の記憶係みたいなもんなんだよ。俺はね、そこんところをはっきりさせたくて、商品を引き出しに入れてんの。ここはつまり街の引き出しなんだな。この百年、二百年というでっかいでっかい机のね。いや、あのさ、引き出しにしまったきり忘れてるものってあるでしょ？　無理もないよね。二十世紀っていうのは、あれはどうかしてたんだよ。俺たちは本当につくり過ぎた。いや、それぞれはとてもいいものだよ。だから、あ、いいねと思って、とりあえず引き出しにしまっておく。あとでじっくり楽しもうと思ってね。ところがどうだ。『あとで』のその『あと』が、いつまでたっても来やしない。次々と新しい『あ、いいね』が現れて、楽しむ間がない。だから、これからがチャンスなんだ。もう充分に蓄えたんだから、ここでひとまず腰を落ち着けて引き出しの中をあけてみようじゃないか。いや、楽しいもんだぜ。まぁ、この百年はずいぶんひどいこともあったけどね。なかなか捨てたもんじゃないと改めて思いなおすはずだ。いや、本当に。で、なんだっけ？　え？　踏み台？　うんうん、踏み台な。もちろんあるよ。もちろんある。少し時間をくれるかな。どこかにあるはずなんだけど、片っぱしから引き出しをあけてみないことにはね——」

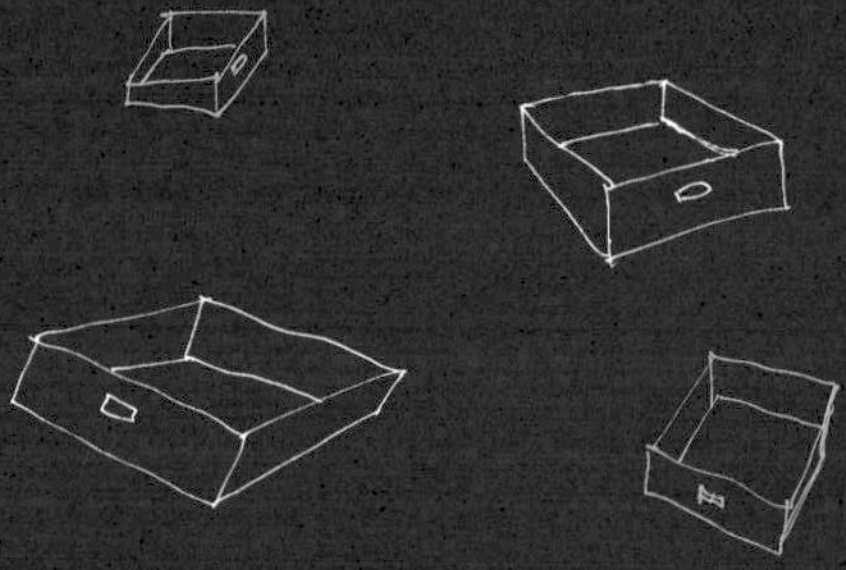

8

BLANKET VELLE

見てのとおり

十年ぶりにライヴハウスへ行ってきた。ひさしぶりに面白いバンドがあらわれた、との噂を聞いて見てみたくなった。

パンク・バンドである。すでに死語に近いかもしれないが、「パンク」のレッテルを貼ったのは彼らの音楽を記事にして伝えたいくつかのメディアで、彼ら自身はカテゴリーに無頓着のようだ。

が、実際に目と耳にして、彼らはたしかにパンクスであると実感した。

期待を裏切らない小さな薄汚れたライヴハウスで、ブランケット・ヴェレの込み入ったビル街の地下にある。倉庫を改造したことがあからさまなハコで、風通しがいいとか悪いとかいう問題ではない。そもそも風などとは無縁で、そればかりか、われわれが日常で触れるあらゆるものと無縁だった。

しかし、不思議と拒絶するような趣はない。通りかかって音が聞こえ、そのまま足を踏み入れたとしても、すぐに馴染めるはずだ。

「ＡＳ ＩＳ」——見てのとおり——というのが一応の通り名だが、バンドの名はそのときどきで変わってゆく。

面白いのは、そのライヴハウスに出演するのは彼らだけで、毎日、入口の看板に違った出演者の名前が掲げられている。しかし、それらはどれも彼らのことなのだ。

店の営業時間は決まっていない。彼らの出演する時間も決まっていなくて、昼間から始まることもあれば、夜中に三十分のみ、ということもある。運がよければ見られるし、時間が合わなければ店の中に入ることもできない。

運がよかったのか悪かったのか、三日通って、三日目にようやくタイミングが合った。ビルに近づくと足もとから音が響き、それは間違いなく彼らの音であるわけだから、何よりの合図になる。

が、人込みをかきわけて中に入ると、間近で耳にするその音は意外にも大人しいものだった。音楽そのものも誰もが一聴して「パンク」と特定するものでもなく、客層もさまざまで、かつてのムーヴメントのような一体感はない。

しいて云えば、彼らが時間をはじめとする世の中の制約を拒否している様が、音楽以上にパンキッシュではあった。

中で一曲、興味深い曲があった。

彼らは曲目さえ紹介しないのだが、歌詞を注意深く聴いていると「バターナイフ」を題材にしているのがわかる。勝手にタイトルを付けるなら『バターナイフの憂鬱』といったところか。

――バターナイフでは、誰も殺せない
繰り返し、そう歌っていた。

書き忘れたが、ライヴハウスの名は〈孤島〉という。たまには〈孤島〉で歌を聴くのもいいものだ。

10

BLANKET BASS

踏み台にのぼる

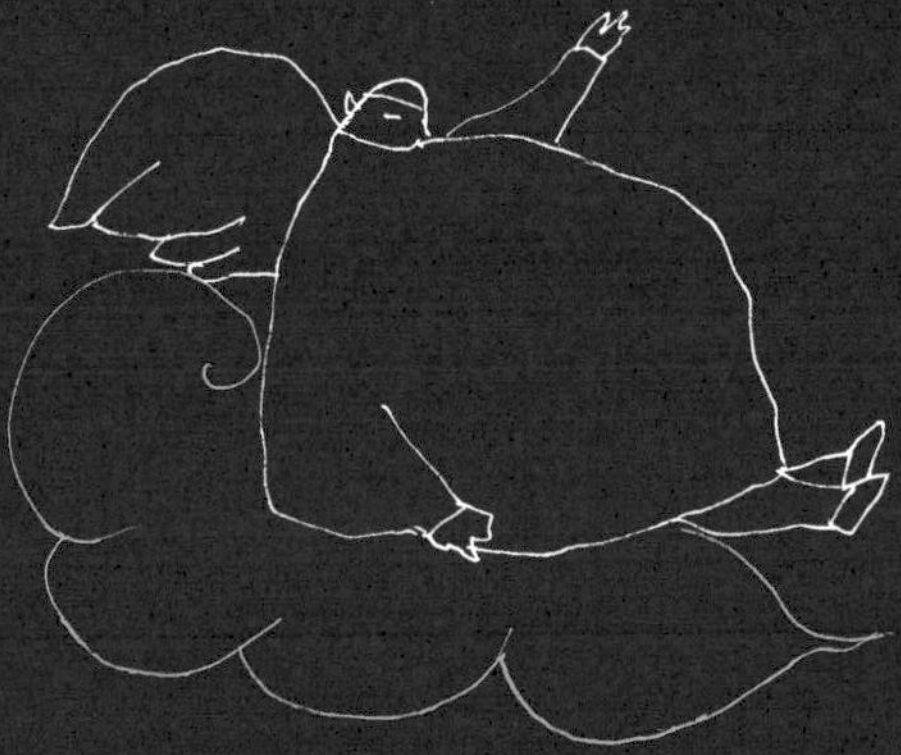

踏み台はブランケット・バスの踏み台専門店——そんな店がこの街にはあるのだ——で、新品を購入した。新品ということは、まだ製造されているわけで、製造がつづけられているからには、踏み台をもとめる人がこの街には何人もいるのだろう。信じ難いが、心なごむ事実である。この街には、我が部屋だけではなく、他にも混沌と乱雑をきわめた部屋がいくつも存在し、その住人たちは、無謀に設けた高い棚や、うず高く積まれたガラクタの山を探るために踏み台にのぼっている。

「で、どうしたんです？　こいつを何に使うんですか」

踏み台専門店でそう尋ねられ、いざ答えようとして「いや、その」と口ごもってしまった。部屋の乱雑ぶりを話したくなかったからではない。踏み台が必要だったのはきわめてシンプルな理由で、シンプルであるだけに、少々、怪しげであった。

「音がするんですよ、天井のあたりで」

——それはたぶん耳鳴りでしょう。

——でなければ、上の階の人が音楽でも聴いているんじゃないですか。

何人かにそう云われたが、音は耳の中ではなく頭上から聞こえ、床や壁ごしではなく、あきらかに部屋の中で鳴っていた。ただ、「音楽」という指摘はそう遠くもない。一音、あるいは二音、ときに三音くらい、音程を変えながら響く。響いたあとは沈黙がつづき、そのままのこともあるし、思い出したようにまた一音だけポツリと鳴ることもある。

いずれにしても予告なしに響くので、あくまで「あのあたり」というおよその見当しかつけられなかった。が、そこは我が部屋で最も背の高い本棚の上のあたりで、天井までの隙間に段ボール箱や紙袋が載せられていた。おそらく、そのあたりに「音」の正体が隠されているに違いない。

さて、と踏み台にのぼった。

さすがの安定感だ。

易々と本棚の上に手をのばし、わき起こる埃の吹雪に閉口しながら、最も怪しい段ボール箱を手にしてみた。

と、その途端、箱の中から例の音が響き、それであっさり出所が判明した。

埃を払って箱の中を覗くと、小さな銀色のオルゴールが一台――。

何年か前にオルゴール・ブームがあり、買ったまま忘れていたようだ。温度か湿度によるいたずらで、ねじを巻いてもいないのにゼンマイが解けて、仕込まれたメロディーを一音ずつゆっくり奏でたらしい。

乱雑の中に咲いた小さな花のようだった。

BLANKET CITY

探偵の休暇

はたして、探偵という職業には休暇があるのでしょうか。

少なくとも、探偵小説に登場する名探偵は「ただいま休暇中」と宣言したとしても、休暇中にこそ事件は起こるとでも云いたげに、謎めいた事件に巻き込まれていきます。

事件というものは、それを見出す者がいなければ事件と見なされません。犯人は探偵が現れてはじめて「犯人」と呼ばれ、探偵が事件のあらましを再現することで、ようやく事件そのものが確立されます。

となると、探偵は犯人を一人前にするために発明されたのでしょうか。

いまわしき犯人とその事件に、明確な輪郭をつけるために呼び出されるのでしょうか。

いえ、探偵は探偵稼業から離れた休暇中でも事件に出合うのですから、必ずしも依頼人に呼び出されるのではなく、どちらかと云うと、探偵の方が事件を呼び寄せると考えるべきかもしれません。

つまり、そこにもし探偵さえ現れなかったら、誰も「事件」に気づかず平和な休暇を楽しむことができたのです。しかし、探偵はなぜかリゾート・ホテルに現れ、どうしてなのか「偶然の滞在」をしています。「休暇中」などと、皆の気をゆるめておき、そのうえで劇的に事件と出合うのです。そして、あれよあれよという間に「事件」を形作ってゆく。まるで、犯人の思惑にしっかり応えるかのようです。

たしかに事件が解決されるのは良いことです。

しかし、探偵が不吉な存在であることは否定できません。探偵が現れたら、まず警戒するべきです。これから何か良くないことが起こるのではないか、と。

思えば、われらがブランケット・ブルーム君の職業――タブロイド新聞の記者もまた「事件を伝える」という意味においては探偵と似たところがあります。

今回、ブルーム君は、どのような「事件」をあぶり出してくれるのでしょう。

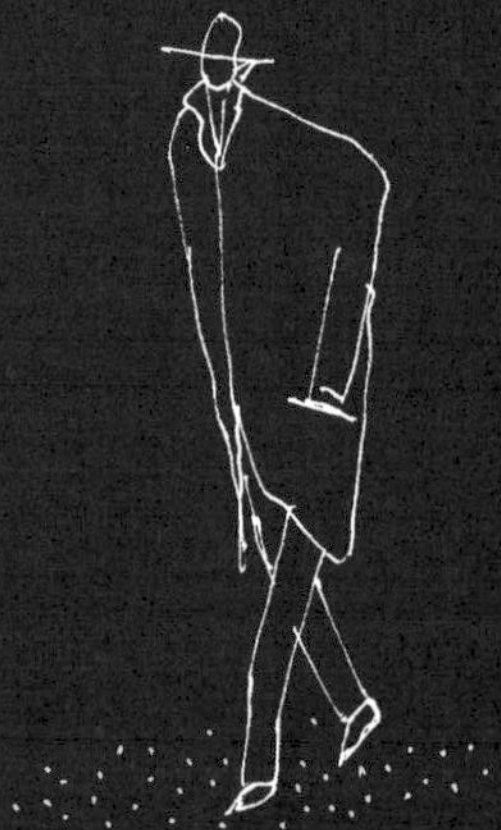

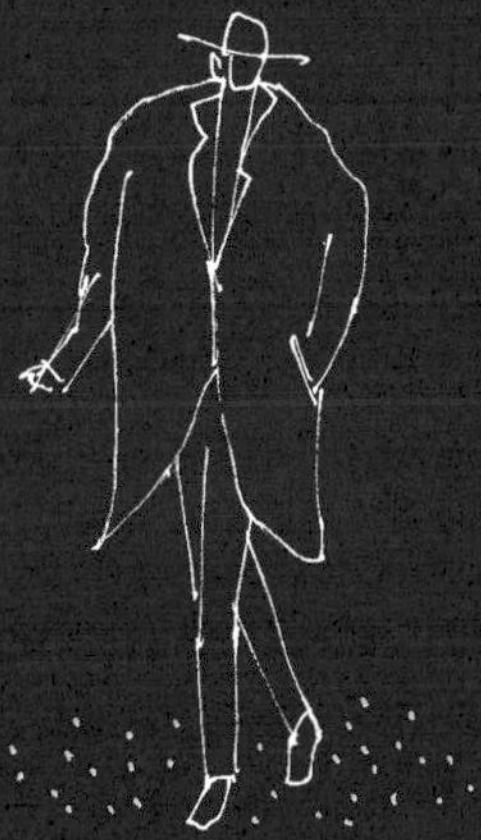

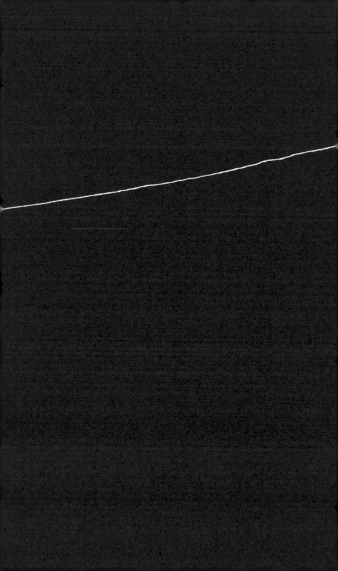

1

BLANKET ORA

空中紳士

ミスター・ブランケット・ジョーンズには家族がなく、これ以外はシャツとして認めないといった頑なさで同じストライプのシャツばかり着ていた。やはり同じ理由でかすかな光沢をもった黒いチョッキを着て、しわひとつない明るい色のズボンを穿いて足は素足である。

彼が靴を必要としないのは、彼の行動半径が空に限られているからで、ブランケット・オラの中心街——この街で最もビルが建て込んだ一画——を見上げれば、ほどなくして彼を見つけるができる。

彼はまさしく空を歩いていた。

正確に云うと、ビルとビルのあいだに張った細身の梱包用ロープの上を、鳥を思わせる器用さで自在に渡り歩いている。いささかも揺らぐことなく、われわれがアスファルトの舗道を行き来するのとなんら変わりない。

「見世物ではないのです」

ジョーンズ氏は迷惑そうに云った。

「世に倦んで部屋にこもりきりになる者があるように、私はこうして空に居つづけたいのです。こもったり、潜ったりというようなことは息苦しく苦手なので。その点、空は文句なくすがすがしいですから」

そうは云っても、地上の子供たちから石を投げつけられることもあり、その傷あとも生々しく、顔をかばった右手の甲には十字型の傷が刻まれていた。

「なんのこれしき。この痛ましい傷あとを空の神様が憐れみ、いつか私を鳥に戻してくれるに違いありません」

ということは、あなたは鳥になりたいのですか、と訊くと、

「いや、なりたいのではなく、私は以前、鳥だったのです」

両肩を前後に動かし、「いえ、本当なのです」と、たしかに鳥のような目を光らせた。鋭いような、それでいて、どこを見ているのかわからないガラスのような目だ。

「鳴いてみせましょうか」と彼は云い、もういちど両肩を動かして、どこからそんな声が、というほどの声量で空に向け——あるいは眼下の街に向け——哀しげな奇声を

ひとつふたつ発してみせた。

——というのは、これすべて空想の会見である。実際のジョーンズ氏は声を失っているのか、奇声はもちろん、イエスもノーも口にしない。その素振りすら示そうとしない。

下界のわれわれを避け、いつも少し離れたところ——空の上に静かにひとりで居る。排気ガスと人いきれに乱れた夕方の交差点に立ち、落ち着きなく信号を待ちながら見上げた空に、ふと、彼の姿を見つけることがある。

彼はロープの上に座ってうつむいている。

神様は彼の傷にまだ気づいていないようだ。

3

BLANKET VILLA

閉店準備

行きつけのシャツ屋が閉店するという。

いい店だった。

ブランケット・ヴィラの緑地公園近くにあり、折り重なった樹々の木もれ陽が店の前の舗道に緻密で奇妙な絵模様を描いていた。そこに立つたび、魔方陣に取り込まれる思いになり、シャツを買うというより、その魔術的な玄関に立ちたくて、時おり、思い出したようにシャツを買いに行っていた。

あたりまえだが、シャツそのものは何ら魔法めいていない。魔方陣の複雑さに反し、至って単純で面白味もない。

が、店の女主人の際限ないおしゃべりと、魔方陣を通過したときのめまいに似た感覚のおかげで、そのときだけはシャツがまたとない魔法の制服に化けた。

こいつさえ着ていれば何もかもうまくゆく。

それこそ魔法で封じられた秘密の場所にさえ導いてくれるのではないか。

というのが、閉店に際しての個人的な感慨だが、以下は女主人の——際限ない——

最後のおしゃべりである。

「ええ、そうなの、もうおしまいなの。やめるのよ。なかなかいいものよ、やめちゃうって。始めるのは誰でもできるけど、やめるのは難しいから。賭事と同じでね。引き際が肝心ってよく云うでしょう？　あれと同じ。賭事なのよ、この店も。

というか、世の中の大抵のことは賭事でしょう？　あなた、賭事は好き？　え？　賭事はしない主義？　つまらない男ねぇ。賭事の味を知らない男なんて信用ならないわ。少なくとも、うちの娘があなたと一緒になりたいと云っても、絶対に許さない。

ただね、もういちど云うけど、要するに、引き際が肝心なの。賭けに勝ったか負けたかなんてことは、どうでもいい。引き際を感じとること。そして見きわめること。それが人生の醍醐味。わかる？

いまからでも遅くないわ。何だっていいの。何だって賭事なんだから。

たとえば、ほら、このシャツ。あなた、これに賭けてみる気ない？　思いきって賭けてみなさいよ。

あなた、本当に幸運よ。いま、ほら、ここに三枚あるでしょう？　同じシャツよ。これは本当に最高のシャツなの。最後だから教えちゃうけど、このシャツこそこの世で最高の一枚なの。一生ものよ。それが三枚もある。

いま、ここでこの三枚を手に入れたら、あなたはこの三枚だけで、一生、シャツに困らない。もうシャツを買う必要がなくなるの。素晴らしいでしょう？　本当よ。どう？　これに賭けてみない？」

これで買わない方がどうかしている。

引き際が肝心だったはずなのだが。

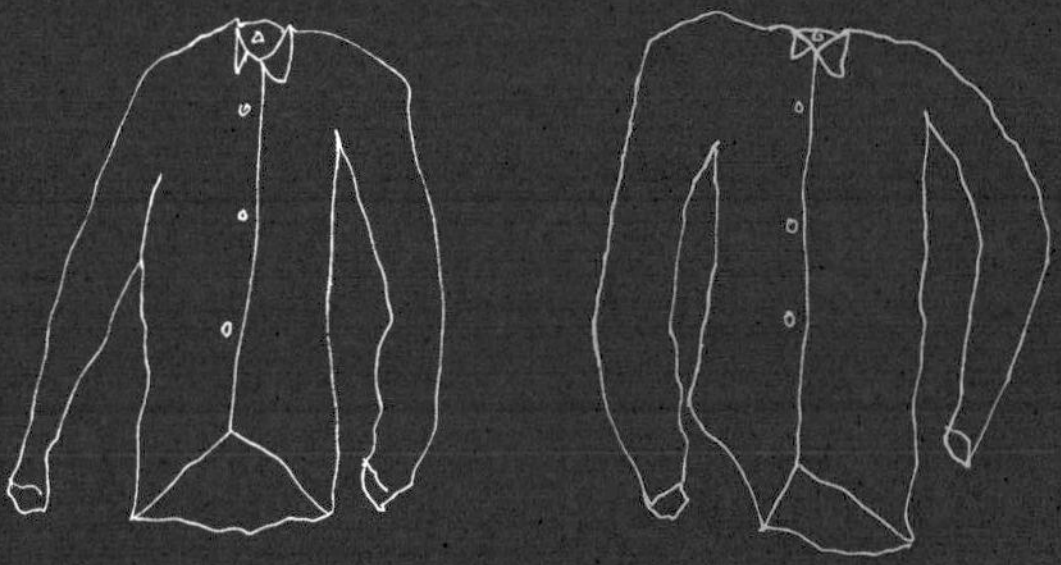

5

BLANKET GARAY

36階のアリア

そのアリアは、おそろしく甘美だった。

歌声の主は、掃除のおばさん。いや、失礼。

彼女の正確な肩書きは次のとおり。

〈最高層清掃班員〉

彼女の仕事はこの街の最高層、〈ブランケット・ガレー・ビル〉の西棟36階にある。

勤務時間は午前九時から午後五時まで。

彼女ひとりで、その最高層フロアを隅から隅まで清掃している。交代はいない。月曜から日曜まで。休みもない。

かなり過酷である。なにしろ、〈特殊清掃班〉と呼ばれるビル掃除スタッフの中で、彼女は最高層ならぬ最高齢なのだから。

スタッフに取材して、なぜそんなきつい仕事を彼女に——と云いかけると、若いスタッフの一人が、

「あの仕事は、ママ——と彼女は呼ばれているんですが——ママが自分から望んだこ

となんです」

　そう教えてくれた。

「じつは簡単な仕事でして、最高層と云っても、観光客向けではないし、展望台や眺望レストランもありません。あのフロアに用のある人はほとんどいなくて、いつ行っても閑散としているんです。だから床が汚れることもないし、ゴミも散らからない」

　では、なぜママはあそこで？

「好きなのでしょう。ああして、歌いながら、ゆっくり掃除をするのが」

　歌いながら、ゆっくり、掃除をする。

　スタッフのその言葉が詩の一節のように耳に残り、何度か口にするうちに、わかったようなわからないようなもどかしい思いになった。

　が、口にした言葉から想像された情景は、最高層を訪ねてみると、そのままそこにあった。なるほど人の気配はなく、鏡のように磨かれた床と澄んだ空気だけがあった。

　空気清浄機のかすかな音、ときおり点滅するエレベーターランプ、本当に窓があるのかどうか判別できないほど透明で巨大なガラス。その向こうの青い空。

その青いワイドスクリーンを背にして、〈最高層清掃班員〉であるママの太った体が、シルエットになってあった。

古びたモップを手にし、優雅なダンスでもするように床を磨いている。そこへママの歌うアリアが甘美に響いた。

本当はただの鼻歌なのだが、一瞬、ここは天国の入口ではないかと思える。

コンサート・ホールなどに出向く必要はない。昼下がりの午後二時ごろに街の最高層へのぼりつめれば、そこで――少々太ってはいるけれど――本物の天使のアリアを聴くことができる。

7

BLANKET NOWA

探偵三人組

ａ「いや、あれは事故ではないよ」

ｂ「いや、あれは間違いなく事故だろう。そうではないかね、ｃ君」

ｃ「さて、どうだろう？　難しい問題だな。そう簡単には決められないよ」

ａ「何を云うかｃ君。そんなわけにはいかんのだ。よく考えてみろ。われわれは探偵だ。もし、われわれが事件を見つけ出さなければどうなる？　そこでとんでもない犯罪が行われているのに、見過ごされてしまうではないか。たしかにあれは事故のようにも見えた。しかし、あの現場にいた男、あれはじつに怪しい。あれはただの男ではないぞ」

ｂ「いや、そこのところは僕も気になって、君に内緒であの男の身元を洗ってみたのだ」

ｃ「ほう。さすがにｂ君は抜かりがないな」

ａ「何を云うかｃ君。ヤツの身元なら僕だって調査済みだ。話の成り行き上、ヤツがどんな男であるのか知らぬふりをしたまでだ」

c「なんと、ややっこしい」

a「そのとおり。ややっこしいのだ。わかるかc君。事件というものは常にややっこしい。しかるに、われわれが目を向けるべきはややっこしい出来事をおいて他にない。そこから目を背けてはならんのだ」

c「で、あの男は一体どんな素性なんだ？」

a「それが、どうやら新聞記者のようで」

b「それは僕の調査でも同じだった」

c「なら、話は簡単だ。事故が起き、取材のために記者が現場に駆けつけた。何ももややっこしいことはないだろう」

a「なぁc君。そんなことなら、われわれはこんな議論はしないのだ。問題はだな、かの新聞記者は事故——いや、事件が起きたときには、もう現場にいたのだ。どう思う？」

b「それは単なる偶然だろう。われわれだって、あの現場にいたのだし」

a「何を云うか。君たちは本当に偶然などというものを信じているのか。それでは、これまでわれわれが出合ってきた数々の事件はどうなるのだ？　われわれは、たまたま殺人事件の起きるホテルや無人島やオリエント急行に居合わせたというのか？　そんなはずがなかろう。われわれはいつでも探り当ててきたのである。犯人ではなく事件そのものをだ」

b「ということは、われわれが現場に居合わせなければ、誰も気づかずにすんだわけだ」

c「つまり、われわれがいたばかりに殺人事件が発覚したわけだ」

a「それでいいではないか」

b「しかし、われわれがいなければ、何事もなく平和なままであったのに」

c「なんだかまるで、われわれが犯人のようではないか」

a「…………」

b「…………」

b
a

c
b
a

9

BLANKET CAI

現場と安楽

探偵に〈安楽椅子探偵〉というものがあるように、新聞の記事を安楽椅子から一歩も離れることなく書けないものかと摸索してみた。

いや、摸索はすでにどこかの記者が検証済みで、安楽椅子記者による安楽な記事が特ダネを装って紙面に躍っているのかもしれない。

インターネットを駆使すればわけないことである。もしかすると、そうした記事は、とっくに蔓延しているのかもしれない。

かつて「足で稼ぐ」と豪語していた商売は、いつからか安楽椅子に座ったまま電子網と指先のクリックひとつで稼げるようになった。

今年、定年を迎えた先輩の記者が、かつての見習いライターにこう教えてくれた。

「誰よりも早く現場に立つこと。それがすぐれたライターになる秘訣だ。そして、もっとすぐれたライターは事件が起きるより早く現場に駆けつけている」

そう聞いて、「早い」ということが重要なのかと勘違いすると、

「そうじゃない。現場というものを知ることが重要なんだ。新聞は現場と安楽椅子を

つなぐ一枚のペーパーで、現場から直接送られてきたようなものでなくてはならない」

現場なのだ、と先輩は執拗に云った。

「いま、こうしているあいだにも思わぬところで事件が発生している。さっきまで気にもとめなかった場所がたちまち現場になる」

だから、ときには事件など起きていないのに、見当をつけたポイントを犬のように歩きまわり、犬のように土を掘り起こして事件の深層を探り当てることもある。

場合によっては、それまでの〈安楽〉を乱してしまうこともあるし、突き詰めて云えば「あらゆるところに事件が隠されている」という不吉な事実を示してしまうことにもなる。

「それは違うよ。事件というのは不吉なことばかりとは限らない」

それが先輩の示してくれた道だった。

「現場から報告すべきものは血なまぐさいことだけではない。われわれが輪郭を与えるべき現場は別のところにもある。血なまぐさい現場を伝えたその同じ声で、まだ誰も知らない〈安楽〉を探り出すのも大事な仕事なのだ」

〈安楽〉は居間の椅子にだけあるのではなく、血なまぐさいものと隣り合わせた現場にこそある。それは、さほど遠くない、すぐそこに隠されている。

「それを、見知らぬ場所で起きた殺人事件を伝えるように書くのが記者のもうひとつの仕事になる」

いまこうしているあいだにも「書くべきこと」が街のあらゆるところで待ち構えている。

こうしてはいられない。

現場に出かけよう。

note

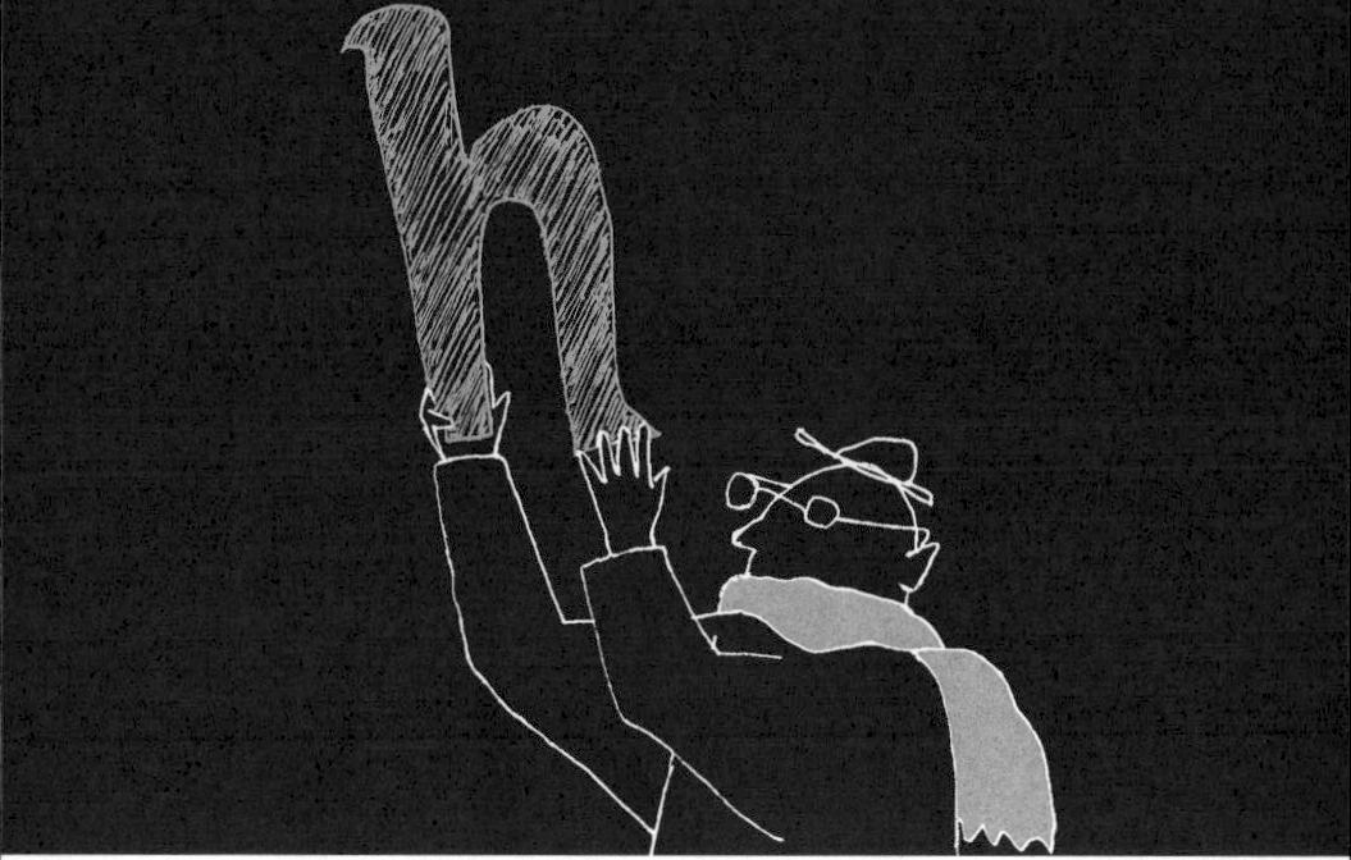

BLANKET h CITY

魂のあるところ

いきなり「魂」の話は不躾でしょうか。

しかし、どうもこの「魂」というものが厄介な代物で、「ある」か「ない」かと訊かれれば、まぁ、おそらくは「ある」のでしょうが、この「ある」を出世させて「存在する」に格上げするのはなんとなく憚《はばか》られます。

「ある」けれど、「存在」はしない。

そういうあやふやな居所が「魂」にはちょうどよく、つまるところ、物理的にではなく感覚的に「なんとなく」そのあたりに「ある」のが「魂」なのでしょう。

ときどきこいつが、わけもなく揺さぶられる場面があり、この「わけもなく」がまた曲者であります。

はじめてこのフレーズを発明した人は、おそらく言葉どおりの意味あいで使ったのでしょうが、多くの人たちに繰り返し使われるうち、「わけもなく」は立派に「わけ」のひとつとして確立されてしまいました。

「これこれ、こうで」と、まことしやかな理由をくどくど並べられるより、「わけもなく」の潔さが何より強く、いまや「わけもなく」は数ある「わけ」の中で、ダントツの説得力を持つようになりました。

現代において「わけもなく」は「なんか」という言葉にお手軽に置き換えられ、日に何度も、いえ何十回も、この「なんか」が会話の端々に挟み込まれています。たとえば、

「わけもなく揺さぶられる」

を現代の日常会話で使う言葉に変換すると、

「なんか、いい感じ」

といったところでしょうか。

体の中のどこかにあるような気がする「なんか」が、なんかわからないけれど、非

常に「いい感じ」になるわけです。

このわけもなく揺さぶられる「なんか」は、たしかに存在するとまでは云えないけれど、やはり、なんか「ある」感じです。

このあたりの事情は、ブランケット・ブルーム君の住む街でも同じこと。

彼の報告をお読みください。

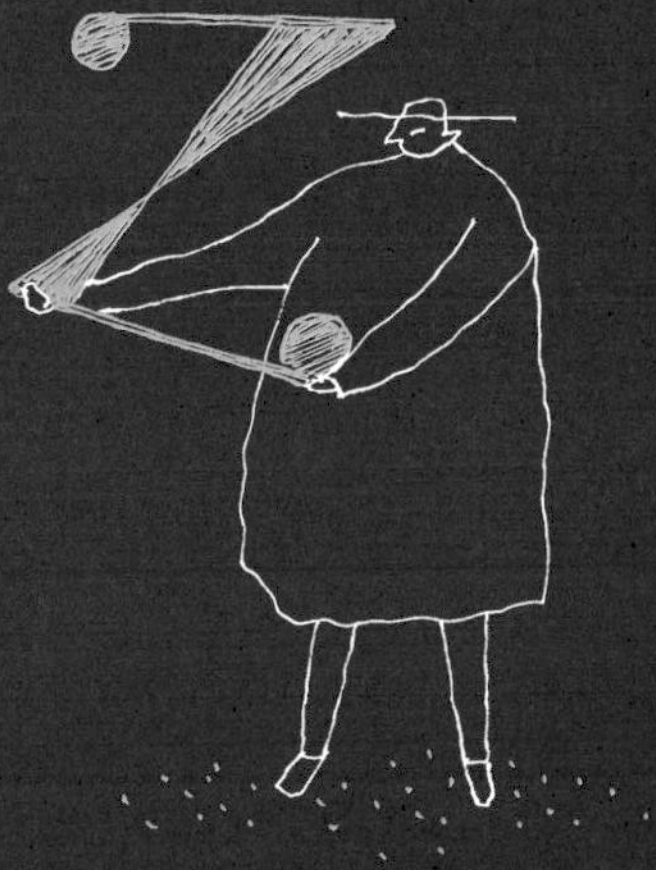

2

BLANKET ZIN

垂直ジャック

このところ、ブランケット・ジンでは奇怪な現象がたびたび起きている。現象というより感覚といった方がいいだろうか。唐突に「頭上を失った」ような感覚に襲われ、それがしばらくつづくという。あくまで「しばらく」であり、そのままじっとしていれば、また元どおり「頭上」は戻ってくる。

この云いようのない奇妙な感覚は味わった者でなければなかなか理解できない。いや、味わった者でさえ、感覚を言葉に置き換えるのが難しいという。

体験談は山ほど報告されている。

「とにかく、頭の上から何もなくなるんです。空？　ええ、もちろん空もなくなるんですが、それだけではなくて、空よりもっと上にある大きなもの——宇宙とか、あるいは神とか、いろいろあるでしょう？　そういうものが一ぺんに全部なくなっちゃう感じです。それも概念ごとごっそりなくなるみたいな。一瞬、空も宇宙も忘れて、ただ、気持ちのいい何かがそこにあって——どうもうまく云えないんですが、とにかくすっきりするんです。それでいて、なんとも寂しい感じに襲われます」

「私はひたすら解放感を得ました。もう余計なことを考えなくていいんだよ、とどこからか声まで聞こえてきて。とても自由になった感じがしました。そのあと、ふと我に返ると、いつもの空がそこにあって、体が妙に重たく感じられました」

「僕は空がなくなった瞬間の方が、頭上からの威圧感を覚えたな。あれは何だろう？　しいて云うと〈無〉かな。とてつもなく密度の高いものが頭上に広がっていて、結局、何もないということが一番重いということなんだろうね。〈無〉を背負ったことで、何やら悟ってしまったような――」

当初は聞く耳を持たなかった科学者たちも、あまりの事例の多さに只事ではないと感じて、研究チームを結成した。集中的に調査と研究を行い、まだ、経過報告のようなものだが、チームから発表された見解は興味深いものだった。

「おそらく光のいたずらでしょう。昨今の異常気象と関連があるようです。簡単に云えば垂直方向への視覚が失われるのです。実際に空が消えるのではなく、目が錯覚を起こしているのです。私たちはこの現象を光による〈垂直ジャック〉と命名しました。

この現象を経験することで、われわれがいかに垂直の視線というものを無意識のうちに尊んできたかわかります。原始のときより、いつでも変わらずそこにあったのが空です。考えてみると不思議なことです。こんなにも世界はさまざまな変化を遂げてきたのに、われわれのこの頭上の風景だけは常に変わらずにきたのですから」

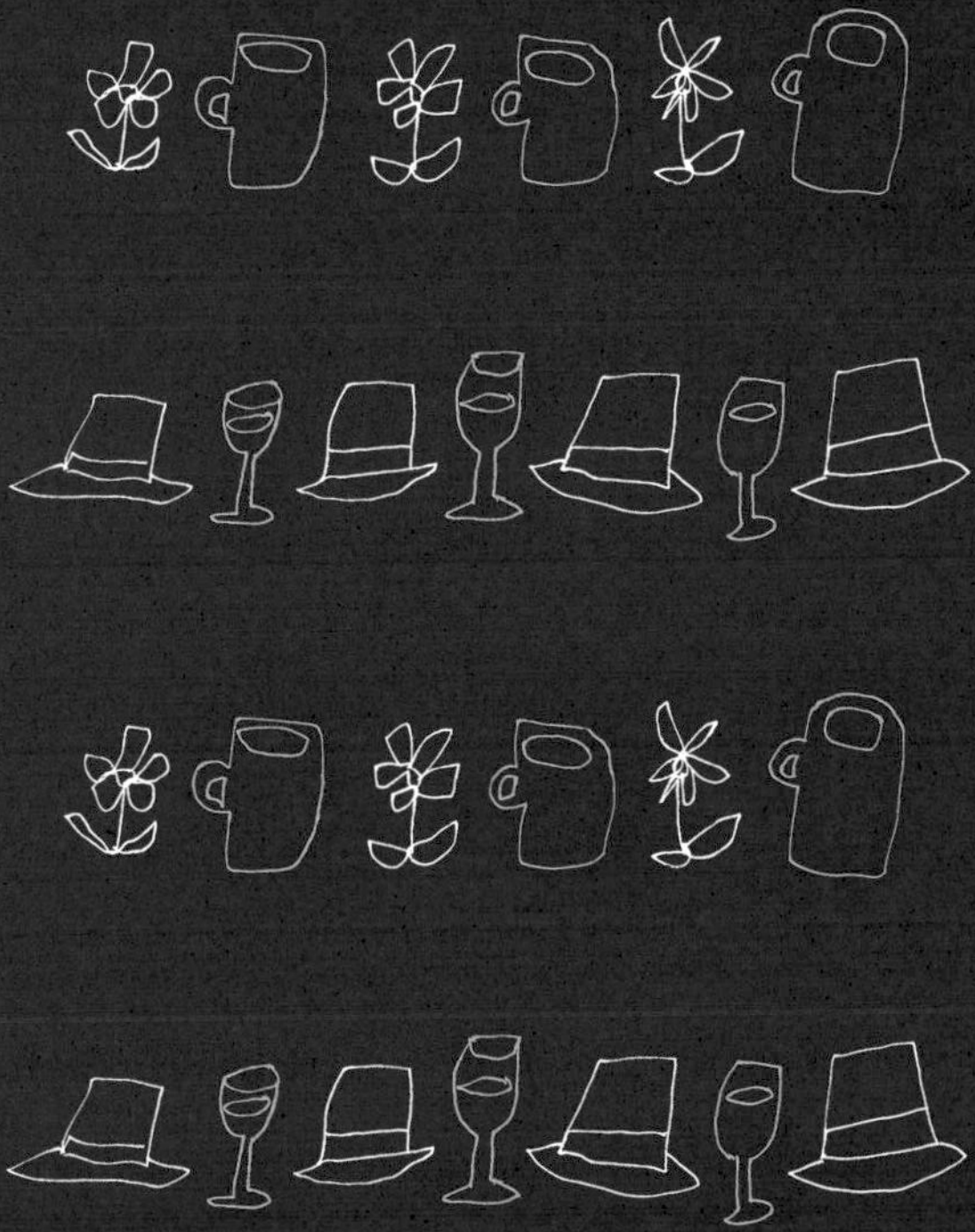

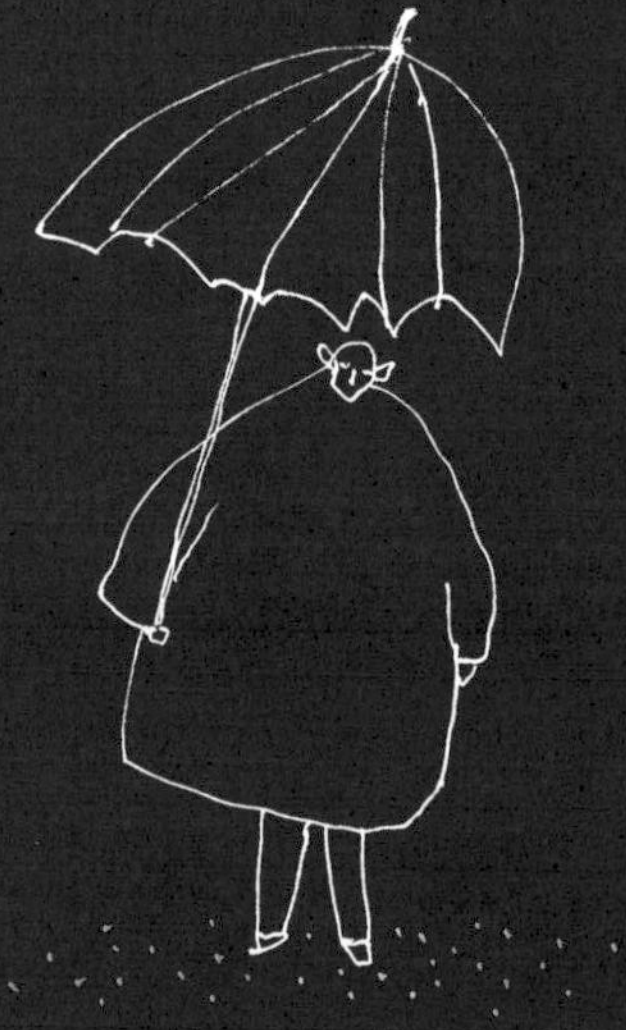

4

BLANKET LIM

不意の雨

〈アンブレラ・バンク〉については、すでにお伝えしたことがある。その時点では、「雨が嫌いな男」の限りなく妄想に近い発明だったが、このたびブランケット・リム駅に本拠地を置いて、環状鉄道の各駅に導入されることが正式に決定された。

これは文字どおり「傘の銀行」である。利用希望者は簡単な手続きをして規定の傘を一本購入し、最寄り駅に併設された〈アンブレラ・バンク〉にその傘を預けるだけでいい。駅の他にも繁華街の主要スポット七ヶ所に実験的に開設される予定で、いずれの窓口にも、二十四時間対応の無人ディスペンサーが備えられる。これによって、窓口の営業時間外でも、専用カード一枚で自由に傘の引き出しが可能になる。

「人生は〈不意の雨〉との戦いです」

と語るのは、〈アンブレラ・バンク〉本店の頭取を務めるブランケット・コート氏である。

「〈不意の雨〉につきまとう問題、それは云うまでもなく〈傘の不所持〉です。いえ、誰だって晴れているのに傘を持ち歩きたくはありません。しかし、そんな晴れている日にこそ、いや、晴れているからこそ、〈不意の雨〉と呼ばれてしかるべき悪夢に襲われるのです。たとえば、仕事帰りに駅で降りたところが、外は〈不意の雨〉。傘はない。誰でも経験があるはずです。そんなとき、駅の窓口でさっと傘を引き出せばいいわけです。使用した傘は、たとえば翌日も雨であれば、駅までさしていって駅のバンクに預ければいい。そうすれば、車内で濡れた傘に煩わされることもありません。そして会社のある駅に着いたら、そこでまた傘を引き出す。すべて従来の銀行と同じシステムです。傘を預けた状態にしてあれば、どこの窓口でも引き出せます。

ちなみに、傘を引き出して帰宅した翌朝が晴れた場合は、最寄り駅なり街角の窓口まで傘を預けにゆく必要が生じます。もし、この労力が面倒だという方には、低利率の貸付も御用意しています。また、あらかじめ二本なり三本なり複数の傘をお預かりすることも可能です」

〈アンブレラ・バンク〉社は、今後、各鉄道会社及び航空会社との提携を強化し、国内旅行、さらには海外旅行での〈不意の雨〉に対応できるよう、事業拡大を図ってゆくと語っている。

このアナウンスに、まだ正式な開設がされていないのに、口座を開く者が後を絶たず、この調子でゆくと、少なくとも環状鉄道の利用客への浸透率は百％に限りなく近づきそうである。

しかし、それで雨が降らなくなるわけではない。雨が降るからこそのバンクで、ただ〈不意の雨〉という言葉がこの世からなくなる日はそう遠くもないだろう。

なんだか、つまらないような気もするのだが。

6

BLANKET LAVA

〈グッドバイ研究所〉

テーマは「別れ」である。

といっても、さほど深刻な話ではない。〈グッドバイ研究所〉を利用する者の七割は何の屈託もなく「別れ」について学んでいる。〈相談所〉ではなく〈研究所〉であるところが重要なのだ。

研究所が重視しているのは、「じゃあ、また明日」と笑顔で手を振る日常的な別れをめぐる諸々である。これを「小さな別れ」と研究所は呼んでいる。「別れ」と聞くと、つい「大きな別れ」ばかり連想しがちだが、考えてみると、日々、われわれは「小さな別れ」を繰り返している。小さいゆえに「大きな」に比べてほとんど取り沙汰されることがないが、最近、若い人たちから「小さな別れ」の別れぎわに「どうしていいかわからない」という声が数多くあがっている。

「なんだか気まずい空気になって」

この点を検証してみると、そこに自ずと浮かび上がってくる重大な問題がある。研究所の代表であるブランケット・ハウザー氏の見解はこうだ。

「どのように出会って知り合うか。そしてどのように理解し合うのか。それはとても大切なことです。自身の経験に基づいてノウハウを説く人も沢山いるでしょう。場合によっては、学校で学ぶこともあります。しかし、別れについてはどうでしょう？　われわれは、あまりにも別れというものに対して見て見ぬふりをしてきました。ですが、本当に学ぶべきものは別れの方にこそあります。とりわけ、若い人に多大な影響をもたらすのは、もしかすると出会いより別れの方かもしれません。もちろん、出会いは大事なことです。しかしだからこそ、その一方に別れの重さがあるのです。『なぜ、人は別れるのか？』——このことに、きちんと正面から取り組んでいかなくてはなりません」

大は小を兼ねる。しかし、小に大が宿ることもあるようだ。

死や決裂といった「大きな別れ」の持つ意味が、日々なにげなく繰り返される「また明日」の中に隠されている、とハウザー氏は考える。

「別れというは、じつのところ物理的なものに過ぎません。簡潔に云いましょう。それは寄り添ったふたつのものが離ればなれになって、ひとつひとつになるということです。これこそ重大な事実です。別れたことで実感する『ひとり』の感覚こそ、われわれ本来の姿なのです。しかし、現代は携帯電話やメールで頻繁にやりとりすることで、『別れ』の感覚を得難くなりました。おそろしいのは、こうした〈小さな別れ〉を経験することなく、いきなり〈大きな別れ〉を強いられたときの衝撃です。なるべく衝撃をやわらげなければなりません。『じゃあ、また明日』と、しばしの別れを繰り返すことは、臆病な生き物であるわれわれが学ぶべきレッスンのひとつなのです」

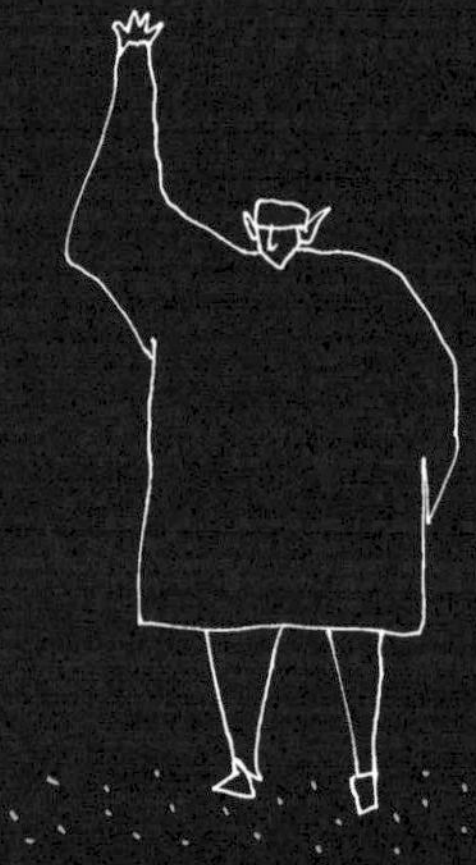

8

BLANKET VELLE

Zと擬似Z

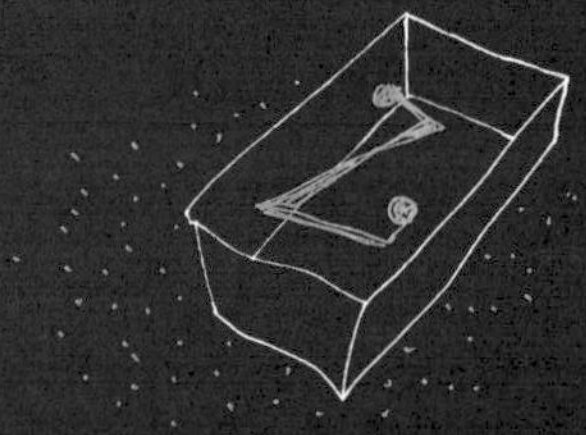

思いきって、Zを購入してみた。

最近は街なかで堂々と買うことができる。ブランケット・ヴェレの駅前通りには三軒もの〈Zショップ〉があり、いずれもそれなりの客を集めている。テレビや雑誌で特集が組まれた影響もあるが、何はともあれ、Zに対する関心が高まってきたことは決して悪いことではない。

昔はタブーだった。Zについて語ることはおろか、その存在をほのめかすことさえ、見えない規制に縛られて曖昧なまま捨て置かれてきた。にもかかわらず、誰もがZのことをしばしば考えてきたし、強くZの存在を感じて、いてもたってもいられなくなるときもあった。それでも、Zについて公に論じられることはなかった。

それがいつからか、街なかで手軽に買えるようになった。価格もみるみる下がり、いまでは煙草ひと箱ぶんの値段にも充たない。

もっとも、こうした売り物のZは「疑似Z」で、われわれが生まれもって身の内にひそませているZとは別ものと考えた方がいい。

ショップの売り文句にこうあった。

「見たことも聞いたこともない。しかしたしかにそこにある。あのZがいまここに。見事な造型。リアルな色彩。感触、重量に至るまで完璧に再現されたプレミアム・バージョン。機能性も完全保証。ついうっかり悪魔に売り払ってしまった方、あるいは写真撮影の際にあっさり抜き取られてしまったアナタ。寸分違わぬスペアとして御提供いたします」

まさに疑似ボディ・パーツの精粋ここに極まれり、である。当初はオプション扱いのジョークめいた商品だったが、あまりの人気に大量生産に踏みきったという。が、ここまではっきりとその存在が大衆に認知され、精密なレプリカさえ造られているのに、依然として、誰ひとり、実物のZを目にしたことがない。

おかしな話である。

そうそう見ることもない自分の背中も鏡に映せば確認できるのに、Zは鏡にも映らないし、レントゲンにも写らない。しかし、間違いなくわれわれひとりひとりの核として存在し、生の終わりの最後の最後に、「たなびくようにあらわれる」と昔から云われてきた。

Zはアルファベットの最後のひと文字で、口から漏れ出るいびきを示す記号でもある。これらの符合はいずれも意味深長と云えるような気がするのだが、どうだろう。

そういえば、辛子《からし》が効きすぎて鼻の奥にツンときたとき、何かがあきらかに頭上へ抜けてゆく感じがある。

——これが、Zではないか。

ときどき、そんなことを思ったりする。

10

BLANKET BASS

毛布を干す日

今年も無事に〈毛布を干す日〉を迎えることができた。朝方に少し雲が残っていたので危ぶまれたが、昼には例年どおりの快晴となって申し分のない日和となった。

子供のころからこの祭日が好きだった。早朝から準備を始める甘いお茶と甘くないバター菓子の数々。無限果実や、小猿の手のひらや、南国ビール。昼になれば、レンズ菓子や、キリテの三点盛り、螺旋状のタルト、アルプス酒、弾丸鮫の噛みあと、シユークリーム兄弟、星飴、羊頭、氷上スフレ——きりがない。

とりわけ楽しみにしていたのは「午前十一時四十五分の永遠」だった。近ごろはまったく目にしなくなったが、一体、あれは何だったんだろう。云ってみれば、見世物小屋だろうが、〈毛布を干す日〉だけに開かれるアトラクションで、入口でライム・サイダーをひと壜もらって小屋の中に入る。入った瞬間は真っ暗で、手探りで三、四歩進むと黒い幕に突き当たる。それをまた手探りでかき分けて前へ出ると、そこから先はもう「午前十一時四十五分」の世界である。

いったん黒幕で闇に沈められたせいか、抜け出た瞬間は小屋の外へ出てしまったのかと思うほど明るい。しかし、目が慣れると少し薄暗いことがわかり、そこは広くも狭くもないダイニング・ルームで、キッチンがあって食卓があって、明るい窓の向こうでは誰かが庭に水を撒いている。

壁の時計は十一時四十五分。

正午まであと十五分である。

隣の家からだろうか、テレビの音がかすかに聞こえる。少し離れた表通りをバスが通過してゆく音が聞こえ、部屋の中は暑くも寒くもない。食卓には新聞が無造作に置いてあり、コーヒーの香りが漂って、キッチンにはつくりかけのサンドイッチがある。コーンフレークの箱があって、火にかけた薬罐《やかん》からは湯気がのぼり——そういった「あと十五分」の気分を味わいながら、食卓の椅子に腰掛けてライム・サイダーを飲む。

時を刻む音は聞こえるのに、時計の針は動いていない。水を撒く気配もバスの通過もそのままで、サンドイッチはつくりかけのまま、薬罐の湯も決して沸騰することはない。

いつまでもそのままで、他には何ひとつ起こらない。

そして、正午になる。

毛布が干される。

毛布によって隠されていたものが太陽に晒され、毛布にこもっていた思いや香りが感傷に浸る間もなく空に蒸発して消えてゆく。いいことも悪いことも、すべて消えて最初に戻される。消えてゆくものと新たにやって来るものが、回転扉ですれ違うように入れ替わる。

そして正午を過ぎる。

するともう「午前十一時四十五分の永遠」を繰り返すあの小屋は、どこにいったのか、あとかたもなく消えている。

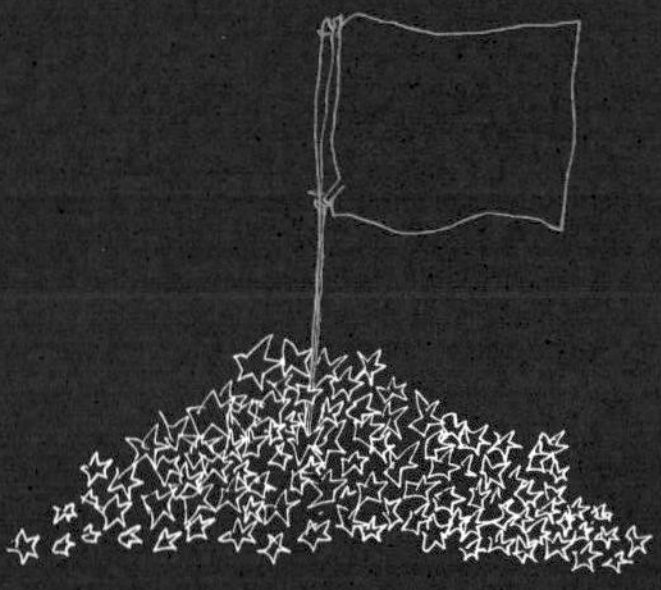

Daily Blanket

Blanket Newspaper　デイリー・ブランケット　Since1956 Vol.60 No.236

自分と出逢った男のはなし

Nfriiustrannidkeer Blanket badjtr

ブランケット・ヴィラに住む三十六歳の男性が、自分とそっくりな男に出逢った。容姿が似ているだけではなく、生年月日や血液型、性格や服の趣味まで同じだという。

二人は名刺を交換し、その後も交流がつづいているが、二人の共通点は、日々、進化しているらしい。

「似ているのではなく、私と彼はすべてが同じなんです」とブランケット・トワール氏は云う。

「話せば話すほど、何もかも一緒で、両親と妹と四人暮らしで、ブラウン・シチューが好物とか、ジュリアン・グラックの小説が好きとか、細かいところまでことごとく同じでした」

本日のブランケットバード

Blanket Isdrejarno Hopey

UMBRELLA BANK

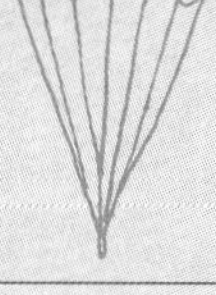

blAnKeTnOwA ArOw st.336

その何もかもが同じ男性はブランケット・シティの住人ではなく東欧からの観光客で、名前はドリップ・カイザー氏という。

出逢いから一ヶ月後、トワール氏は名刺の住所に自身の近況報告を書き送った。ほどなくして返信が届いたのだが、そこに書いてあったカイザー氏の近況報告が、自分の報告とそっくり同じだった。

ところで、この記事を本紙に掲載するにあたってカイザー氏に連絡をとったところ、「昨日、地元の新聞に私の記事が載ったんです。自分と出逢った男のはなし、という見出しです」とのことだった。

無敵の
スポーツマン
図鑑

世界中の すべてのゴールに シュートを 決めたい

Kerfiuop Blanket sdfikernuo

この年齢にして、すでに百戦錬磨である。出場した全試合で数多くのゴールを決め、得点王の獲得はもちろん、確実にチームに勝利をもたらしてきた。

とにかく、試合中のシュートが一本も外すことなくすべて決まるのである——。

「でも、僕には変なジンクスがあって、試合中は完璧に決まるんですけど、プライベートでシュートをすると、本当にひとつも決まらない」

そう云って苦笑した。

「僕の夢は、世界中を旅しながらこの世に存在するすべてのバスケット・ゴールを訪ね歩くことで、そのひとつひとつにしっかりシュートを決めていきたいんです」

しかし、当面は試合が忙しくて、この夢はおあずけだという。

「引退後の楽しみにとっておこうと思います」

まだ十六歳と三ヶ月の彼は、すでに晩年の楽しみまで決めている。

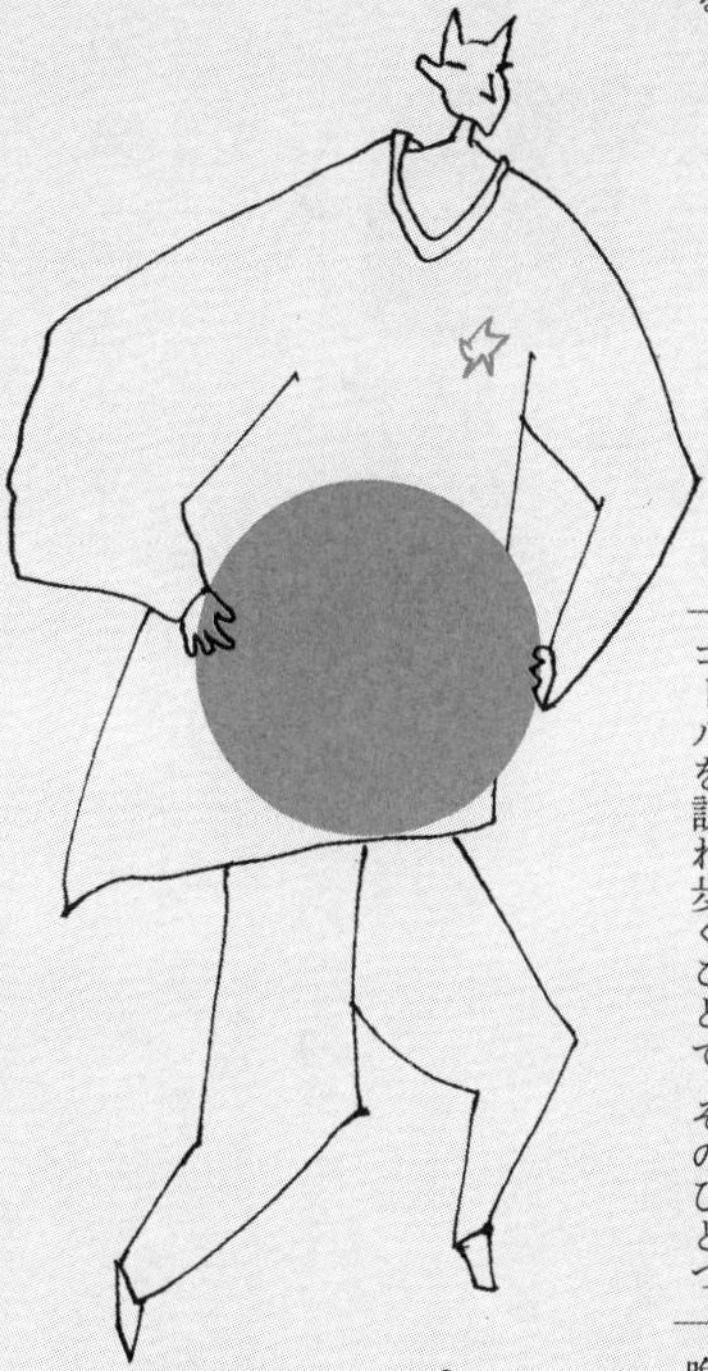

BLANKET SHINN
ブランケット・シン(16)

スポーツ界大注目のバスケット・ボール選手。身長一八五センチ。百戦百勝。正真正銘の「負け知らず」。陸上選手顔負けの俊足が最大の武器である。

連載小説　3

どうして、こんな遠くまで来てしまったのだろう

Auterwer Blanket bgdeiok
ブランケット・シーゲル

僕はいま自分がどのような生きものであるのか、少しばかりわからなくなってきたのです。

この寒い街で毛布をまとって生きてゆくこと、多くの人間たちと関わりを持ち、彼らに愛されたり憎まれたりしながら、時間というものに支配されて日々を送ること。そして、この星における時間は、この星——すなわち地球が回っていることに関係するのだと何度も説明を受けたのですが、僕にはよくわからないのです。

僕は旅をしてきました。

長いあいだ、僕も僕の父も、そのまた父も、いろいろな土地を追い立てられるようにして旅をしてきたのです。僕の体がとんでもなく大きい

ので、人間たちは最初は面白がったり、目を細めたりして、万事、よくしてくれます。

しかし、それは長つづきしません。

これは僕の勝手な考えですが、どうもこの世界というものは、隅から隅まで、ひとつとして長つづきするものがないのです。


「いや、そんなことはないよ」と、いま僕の面倒をみてくれているカラム君は云います。彼は僕が何を考えているのか、いえ、僕に限らず、人間の言葉を話せないあらゆる生きものの胸の内を、彼だけが授かった特別な能力によって理解できるのです。

「長つづきするとかしないとかいうのは比較なんだよ」と彼は云います。

「たしかに、生きものの命の時間は、生きることの複雑さや豊かさに比べて、じつにあっけなく短いものだと感じるかもしれない。でもそれは、その短さの対極に非常に長い時間を持ったものがあるからで、それがつまりはこの地球という星なんだ。この星における時間というのは、そのまま地球のことなんだよ。この星は少なくとも四十五億年はまわりつづけている。大変な長つづきだ。でも、地球のまわりには宇宙があって、それはもっと長つづきしている」

やはり、僕にはわかりません——。

むかしはもっと物事がシンプルであったように思うのですが。

Kreuiop Blanket dloikeuwe

（つづく）

食
swikofdss

およそ八十年前、わがブランケット・シティに地下鉄を敷設する計画があり、結局、中断してそのままになってしまったのだが、そのときの名ごりで、ブランケット・オラ駅の駅ビル地下二階に「地下鉄ストア」と呼ばれる一画がある。小さな商店や飲食店、理髪店やビリヤード場なども並び、さながらコンパクトな商店街のおもむきである。

〈スカイ食堂〉はその中の一軒で、カウンター六席にテーブル席ふたつのごく小さな店だが、何を食べても絶品なのだ。

コックピット・ポーク、鶏もも肉の荒焼き、シシリアン・カレー、ダブルミート・スパゲティ、シュークリーム兄弟——どれも素晴らしい。

欠点のない百点満点の店だが、本当にどれもおいしいので、何を注文していいものかと贅沢な悩みに陥ってしまうのが唯一の問題点である。

地下鉄ストアの〈スカイ食堂〉

Trwoliu Blanket sdewikopllel

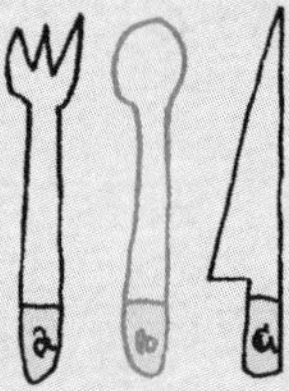

〈スカイ食堂〉午前10時〜午後11時
水曜定休

Weruhgea Blankdietsdew

気象予想図

今日と明日の空模様

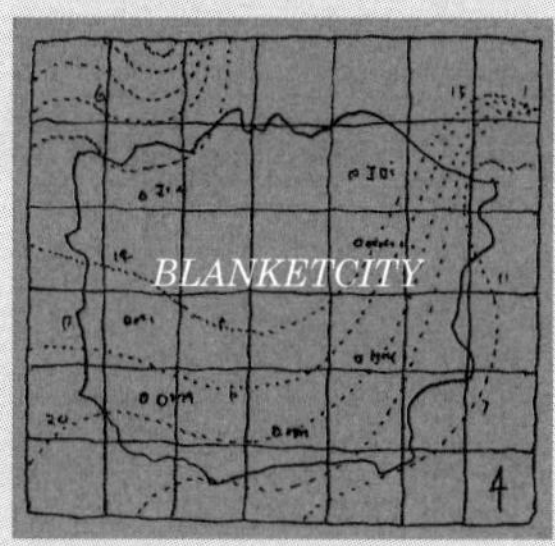

日の出 6:15
日の入り 17:28
降水確率 10%
湿度 45%
風 西2m/s

北から勢力をのばしてきた寒気は、どうやら自らの傍若無人ぶりを反省したらしく、そろそろ撤退した方がよさそうだとようやく気づいたようです。この反省により寒気は遠のき、今日の午後から穏やかな晴天となるでしょう。ただし、明後日には再び寒気は態度をひるがえし、神をも恐れぬ猛攻を仕掛けてくる可能性があるので、要注意です。

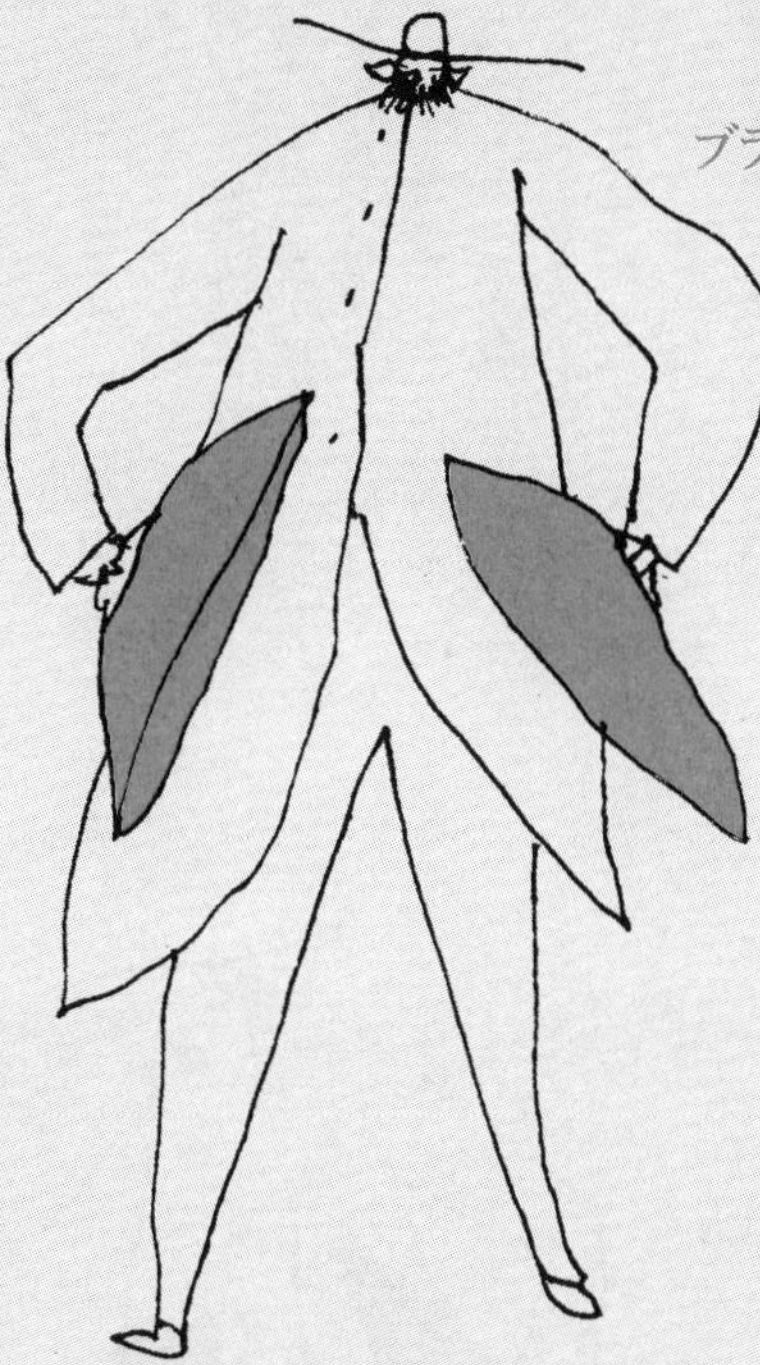

ブランケット・ブルームの
星型乗車券

4

BLANKET LIM

さらば、パンタグリュエル

彼の本当の名前は誰も知らない。古い外国の物語から引用して「パンタグリュエル」と皆は呼ぶ。大男だ。おそらく彼は街で最も背の高い男で、彼が着ているスエードのコートは通常の六着分もの革を使用する。

「みんなに見えないものが、おれには見えるんだ」

彼はまるで火の見やぐらのように遠くまで見渡すことができる。

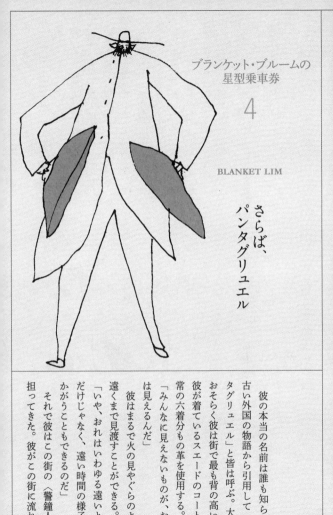

「いや、おれはいわゆる遠いところだけじゃなく、遠い時間の様子をうかがうこともできるのだ」

それで彼はこの街の〈警鐘人〉を担ってきた。彼がこの街に流れ着いて、じきに二十年になるが、以来ほとんど一日も休まず、その目で街を監視してきた。

〈警鐘人〉の歴史は古い。

数々の大男たちが巨大なシンバルを両手に持ち、時間的にも空間的にも先行きに警戒すべきことがあるときは、われわれへの警告として激しくシンバルを打ち鳴らしてきた。

つい先週のことである。

パンタグリュエルが、いつもの強風情報と共に、今後のシティ全般の長期的予想を〈スペリング・ミス訂正協会〉に報告した。

いわく――、

「この街は、長くつづいてきた混迷

さらば、パンタグリュエル

BLANKET LIM

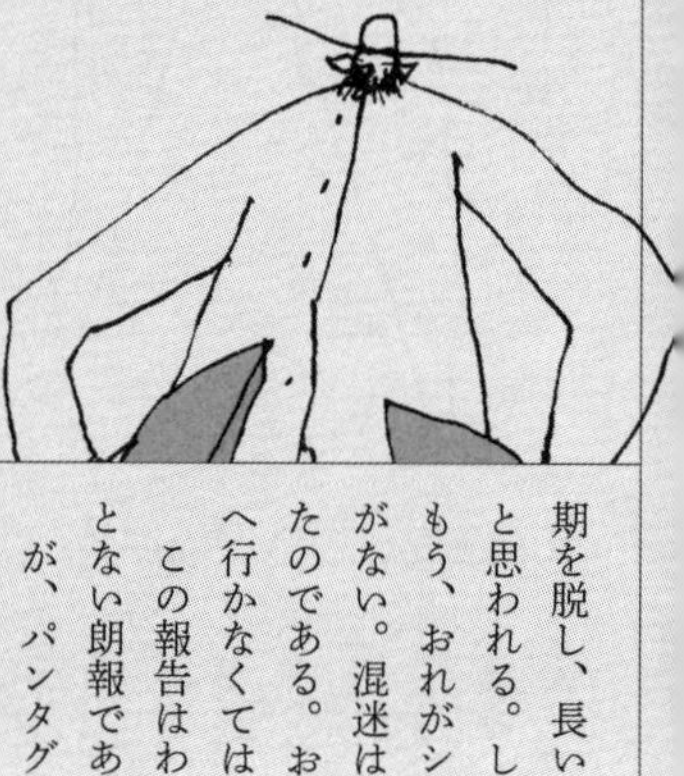

期を脱し、長い長い安静期に入ったと思われる。したがって、この先はもう、おれがシンバルを鳴らす必要がない。混迷は、よその街に移行したのである。おれはこれからそちらへ行かなくてはならない」

この報告はわれわれにとってまたとない朗報であるに違いなかった。

が、パンタグリュエルというあの優しい大男が――あの鋭く厳しい目を持った男がいなくなってしまうのは誰にとっても大きな喪失になる。

「もう、二度と会うことはないよ」

悲しい挨拶だった。街の平穏を思えば、これほど安心できる言葉はないのだが。

私たちの知らない遠い国の「ブランケット・ブルーム」

Travliu Blanket sdewikopllel

輸入書籍の専門店で、非常に興味深い本を手に入れた。本紙の名物コラム〈ブランケット・ブルームの星型乗車券〉の単行本である。版元はトーキョー・シティにあるゲントウシャ。著者はアッヒロ・ヨシダとなっているが、おそらく、編者か翻訳者の誤りだろう。一体、どのような経緯でこの本が生まれたのか、さっそく、インターネット電話を利用して、ミスター・ヨシダにインタビューを試みた。

ブランケット・ブルームの星型乗車券
吉田篤弘　幻冬舎

Setosia Blanket deyikojloiider iukj

●まさか、うちのコラムが遠い外国で翻訳されているとは夢にも思わなかったのですが——。

Y　ええ。「夢」ということで云うと、はじめて輸入書籍の専門店で〈デイリー・ブランケット〉を見つけたときは、実際にブランケット・シティという街が存在しているとは思えなかったのです。

●なるほど、それはこちらもまったく同じで、はたしてトーキョー・シティというのは実在するのかどうか、非常に疑わしかったのです。しかし、こうしてインターネットでつながるということは存在しているのですね。

Y　僕も大変驚いています。まさか、自分のインタビューが〈デイリー・ブランケット〉に載るなんて。

●これは、もともと雑誌に連載されていたのでしょうか？

Y　ええ。いまからじつに十二年前のことです。「パピルス」という雑誌が創刊されまして、創刊号から八回にわたって連載しました。

●となると、連載開始から単行本化まで十二年もかかったのですか。

Y　ええ……そういうことです。

●しかし、それはまたずいぶんとかかりましたね。

Y　すみません。この場をお借りしまして、関係各位および読者の皆様にお詫び申し上げます。お待たせして本当にごめんなさい。

●どうして、こんなに時間がかかったんでしょう？

Y　そうですね——それはやはり、夢であったものがこうして現実として定着するまでの熟成期間が必要だったんだと思います。

●では、その熟成によって、何か変化がありましたか。

Y　ええ。変化はいろいろあります。まず、全面的にテキストを洗いなおして修正を入れました。それと、イラストが連載時とは完全に別ものに進化しています。あと、これが重要なんですが、本の最後に、おまけといいますか、特別付録として、〈デイリー・ブランケット〉の紙面が再現されています。

●え？　それってもしかして、このページのことですか。

Y　ええ。いまちょうど終わるところですね。皆様、最後までお読みいただき、ありがとうございました。

BOOK REVIEW

この作品は2017年3月に小社より刊行されたものです。

ブランケット・ブルームの星型乗車券《ほしがたじょうしゃけん》

吉田篤弘《よしだあつひろ》

令和3年4月10日　初版発行

発行人――石原正康
編集人――高部真人
発行所――株式会社幻冬舎
〒151-0051東京都渋谷区千駄ヶ谷4-9-7
電話　03(5411)6222(営業)
　　　03(5411)6211(編集)
振替00120-8-767643
印刷・製本―中央精版印刷株式会社
装丁者――高橋雅之

幻冬舎文庫

ISBN978-4-344-43083-9　C0193　よ-29-1

幻冬舎ホームページアドレス　https://www.gentosha.co.jp/
この本に関するご意見・ご感想をメールでお寄せいただく場合は、
comment@gentosha.co.jpまで。